抗戰回憶錄——

上海報人的奮鬥

趙君豪 原著
蔡登山 主編

陳序

趙君豪先生這一本著作，描寫上海報界同人堅持正義，臨危不屈的精神，使我們未曾親歷其境，或僅憑朋輩傳聞，只悉其一鱗一爪者，得知上海陷為孤島以後，報界同人奮鬥的全貌。這一本著作的內容，已有我的老友和報界前輩邵力子先生作詳細的介紹，我覺得無待贅言。

趙先生是我在望平街服務時代的同業，而且是精勤專一於新聞工作的一位極可欽佩的記者。回想當時常相過從切磋的情形，至今尚悠然神往。這十餘年來，我脫離了新聞崗位，人事變遷，舊遊零落，像金華亭先生之壯烈殉職，就是上海報界同人持正奮鬥血淚史中的一頁。金華亭先生的犧牲與趙君豪先生的奮鬥，不僅是《申報》的光榮，也是我們上海報界的光榮。

我還記得故友張季鸞先生在民國三十年對我說的一段話：「我們中國在抗戰中著實有進步，新聞記者也隨著抗戰而進步，我們中國新聞記者愛護國家民族的熱誠，至於不惜生命，這是可以對民族祖先，對世界人士而無愧色的。我們想到在淪陷區在敵偽迫害下新聞界前線鬥士的艱危困苦，只覺得我們在後方工作者絕對說不上艱苦，我們只有慚愧，只有感奮。」這也是上海報界舊人的公言，我在閱讀了趙先生大著以後，覺得只有這幾句正氣懍然的話，是最恰當的題跋。我只有慚愧，只有感奮！

中華民國三十三年九月十八日　陳布雷

邵序

中國第一個大史家是司馬遷，中國第一部大史書是史記，而中國過去最偉大的時代也可以說是史記裡所記敘的時代。我們閱讀史記時，常有一點特別的感覺，就是太史公描寫偉大的人物，偉大的事蹟，從來不曾耗費太多的筆墨，對於常人視為細微的情節，他不特不曾忽略過，反而寫得特別生動詳盡，使閱讀者也特別為之感動，覺得巨大人物的豐功偉業不只全從那細微的情節裡表現出來，而因微知著，即小見大，更令人想像其豐功偉業有非言語所能形容的。這是寫偉大時代的一個最好方法，讀偉大時代的歷史者也必須明瞭這一點。我國此次神聖的抗戰，其間偉大的人物，與偉大的事蹟，不知道可用多少筆墨來描寫，但我們要明瞭此空前的大業，實係無量數人愛國的精神與血肉所造成，如果我們對於某一個地方，某一個時間，與某若干人物，能賦予以最有生命力的描寫，那我們就可以從這一部的描寫，推見全中國八年以來，無量數人物的慷慨忠勇，有時候更可從尋常人所視為微小不知道的人物的崇高行為中，看出我們這一代的國民如何高頂了。雖然僅僅是上海一地，但即從上海這一角已可窺知全中國的抗戰意志如何的百折不撓了。上海自淪陷為孤島後，日寇雖則異常跳梁，但滯留在上海租界的新聞記者，依然揮其如椽的大筆，對敵偽作無情的打擊。後來太平洋戰爭發生，租界也寫敵偽所控制，如一般愛國記者仍能於魔掌之下，盡其可能，利用敵偽間的矛盾，宣傳我抗戰的意識。他們以為與其退卻，還不如在文化戰線作堅強的游擊戰鬥。直至報館被敵人接收，記者被敵人撤換，真正無法可施時，他們才脫離報館，或歸鄉務農，或投奔大後方，繼續抗戰工作。上海報人在抗戰中的奮鬥史，實在可歌可泣。雖只是僅僅上海報人的奮鬥，但從之即可窺知全上海的愛國者如何奮鬥，更可窺知全中國的愛國者如何奮鬥了。

上海報人在抗戰中的奮鬥史，原是一堆血淚寫成的。多少有為的青年記者為國殉難了，其中有不少是我從前朝夕相見的知友，像《申報》記者金華亭先生就是一人。又有多少記者，個人生命固然置之度外，即妻女的飢寒也絕不顧慮，堅苦卓絕，始終與敵偽相周旋，幸而沒有落入敵偽之手，而得完成其使命，但其所備嘗的艱難，卻非筆墨所能形容，如正論社諸同志，即是一例，我們也不勝其同情。

《申報》記者趙君豪先生自滬上脫險來渝後，埋頭寫述上海報人的奮鬥事蹟，其中所述，雖以自身工作的《申報》為中心，但也涉及上海一般記者的奮鬥情形。他用著一腔熱血，抒寫他自己戰鬥的經過，和他親見親聞的情景，報館已在敵偽重重包圍之下，而記者們仍以大無畏的精神與之作殊死戰；敵偽已控制整個的上海，而記者們仍以極巧妙的技術，宣傳抗建國策；同時記者們更以其餘力所及，設法救濟戰後失學青年，寫得非常親切生動，幾令人不忍卒讀，而亦最令人興奮鼓舞，益堅定其抗戰必勝的信念。

民國八、九年，我在上海《民國日報》編輯〈覺悟〉時，趙君尚在上海交通大學求學，已屢屢投書和我討論種種社會改造問題，其後趙君進《申報》館，因同業關係，時有過從。趙君好學不厭，辦事幹練，素為同輩所佩仰，在此次神聖抗戰中，趙君堅苦奮鬥，卓然為一標準的愛國記者，這是我和趙君在重慶相見時十分欣幸的。現在他的新著《上海報人的奮鬥》出版了。我願以上海一報人的資格推薦給文化界的有志青年，從趙君個人，從上海報人這一方面，窺知我們全上海以至全中國的愛國人士的抗戰意志與行動。趙君這本著作裡，富有著最有生命力的描寫，是我敢於負責向讀者介紹的。

中華民國三十三年八月　邵力子

目次

第一章
大時代的來臨

當我握著筆管，閉目凝思，要開始寫這一本書時，真是悵觸萬端，滿懷情緒，不知應從何處著手？

我現在是到達了自由祖國了，懷念著在上海受敵偽蹂躪的戚友，懷念著東南沿海幾省在水深火熱中苦度的同胞，我是深深地低徊著。我不敢忘卻我自己在淪陷區裡所身受的苦痛，使我更要想著你們。

在七個月以前，我走進陪都時，這是第一次我瞻仰到山城的夜色，遙望著揚子江南岸的燈火，照耀出無限的光芒，我心裡有說不出的甜蜜滋味，握住朋友的手，緊緊地搖撼著，我幾乎迸出熱淚來，我說：

「我從上海帶來一份隆重的厚禮，獻給祖國，獻給　領袖……」

「你真帶來些什麼？……」朋友似乎愕然！

「我帶來的是上海民眾一顆鮮紅的心，他們始終沒有忘記祖國呀！」我鄭重地說。

一、所謂孤島的上海

我是一個新聞從業員，現在開始以新聞記者忠實報導的態度來敘述在上海工作的經過。我所要寫的，雖然以本身所遭逢或者目擊的為限，但是從這些事實中，可以反映出整個上海的醜惡，至少可以說明某一個角落。

應該自國軍退出上海時說起：國軍於民國二十六年十一月十三日撤離了上海，這一天報紙，我記憶得很清楚，中央社發出一條很動人的記述，陳述因戰略上的需要，我軍暫時西移了，但中央絕不放棄上海，對上海的民眾尤其關懷，希望大家不要自餒，國軍有重來的一天。

於是上海便形成了所謂「孤島」。讀者不會忘懷四行倉庫中的孤軍吧！在國軍西移的次日，蘇州河北四行倉庫的屋頂上飄展著青天白日的國旗，大批卡車裝載著慰勞品奔向蘇州河畔，一袋一袋的卸下，在敵人哨兵步鎗射程中冒險過河，送到每一個壯士的面前。我們隔著河，望到大廈的窗口，人影憧憧，個個精神煥發，保守這一塊寶貴的國土，敵人的步哨，就在大廈四周徘徊著，不敢仰視或者走近一步。要不是奉命撤退的話，謝晉元團長準會和他的弟兄們在這一片土地上作壯烈犧牲。

這種偉大壯烈的舉動，是中華民國國魂的所寄，刺激到每一個上海人的心坎深處，我們和孤軍始終連繫在一起，所引以慰藉的，就是把四百萬人所關懷他們的消息，每天披露出來，一直到他們撤退到膠州路孤軍營為止，大家還密切接觸著。謝晉元團長是一個硬漢，始終保持著他的倔強性格，雖然他後來不幸被害，但他的卓越精神是永遠不會泯滅的。

記得一件極可痛心的事，當國軍在大塲羅店一帶以血肉堅守陣地時，天氣漸漸寒冷了，家家戶戶，趕製棉衣，為將士們禦寒之需，一批一批的做好，送上前線，到最末的一批時，棉衣還未做好，國軍已經西撤，有許多太太小姐們竟抱著棉衣痛哭，這不是幼稚的舉動，這是衷心流露，愛國的情緒，已到了最高潮。我相信截至現在，這上海一般民眾彌足珍貴的愛國情緒，始終還保持著，不過蘊藏在心坎深處罷了。

這個時候，國軍雖然暫時離開我們，但敵人的勢力，僅及於南市，閘北，滬西和浦東這一帶，特區方面（指以前的公共租界和法租界）還保持相當完整，由於美國保持權益的一再聲明，工部局的措置，仍具有若干威力，敵人雖然天天奔到工部局去咆哮，要怎樣應付抗日份子，不過沒有多大效果。

誰都沒有失望，信念格外加強起來，中華民族只有一條心，在前線，在大後方，在淪陷區，大家有不可分割的崇高意志，即是把敵人趕出國土。我們的精神，時時刻刻和火線上的士兵在一起。

然而在這個時候，向來不敢過蘇州河的日本浪人們，便漸漸地開始到租界上來活動。只須一二個東洋浪人，個子矮矮地，穿一件破舊的西服，便可以直入人家去要索金錢，而滬西一帶，就是後來大家所稱為歹土的地方，尤其烏煙瘴氣，根本談不到治安二字。在歹土裡有煙館、賭窟，無奇不有，總而言之，凡是足以引人作惡或者墮落的，歹土方面均盡了最大的努力。

有許多事實，在現在看來，很令人難以置信的。這個時候，上海的一般生活水準，非常低廉；任何人都想不到戰事會怎樣演進，有錢的人坐皇后輪到香港去了，故鄉稍有田產的人，攜著妻兒歸去了。市面頓時凋零起來，國幣四百元可以買一隻謀得利的大鋼琴，十元可以買兩件旗袍料，至於四馬路的舊書攤，則以斤論價，你可以從千百本舊書中，選擇你所心愛的，裝在一隻籃內，說不定花了十元或者二十元，會買上幾十本好書。各種東西都賤賣，然而還是沒有人問津，當然日常生活所需，如米、如菜、如燃料，雖稍有波動，但不致於駭人聞聽，我們這一家就在孤島中照常居住著。

漢奸們組織的「維新政府」，份子非常複雜，在南京無事可做，便溜到上海過著糜爛生活，老實說，他們尚有羞慚之心，始終不敢跨過蘇州河，到租界上來活動。他們多躲在虹口的日本旅館，偷偷摸摸，好像是老鼠一樣。有許多潔身自愛的人，甚至於不敢把自己的汽車開到南京路外灘，因為那時候上海有一句話，叫著「過橋」，所謂過橋者，係指跨過蘇州河上的外白渡橋而言，如果跨過外白渡橋，便是到虹口去和敵偽接觸，那就太不名譽了。

但是事實還是事實，做漢奸的人儘管躲藏否認，總無濟於事，有許多漢奸在旅館裡伏誅了，有許多人在路上中彈了。更有許多「新貴」改名換姓在菜館大嚼時，突然飲刃而死了。

特區的抗日報紙並不因國軍撤離而稍有顧忌，京滬和滬杭沿線的同胞要明瞭我國軍作戰實際情況和中央政情起見，當然需要看到我們自己的報紙。可是在這種四周被包圍的特區中，我們的報紙，無法在淪陷區銷售，不過，報販有的是技巧和機智，他們會用種種方法把大量抗日報紙，從特區運到淪陷區，同胞們好像攫取寶貝似地，爭先購閱，出了任何高昂代價，是毫不吝惜的。

敵人最痛恨的，當然是幾張抗日報紙了；首先要應付的，就是我們。此時上海新聞從業員在畸形的勢力範圍內，照樣發揮自由意志，天天收聽中央政情的電報，天天罵漢奸。特區裡時有鋤奸事件，我們記述的方法，也別成一格，譬如說一個漢奸被擊斃了，第二天報上揭登消息，多直呼漢奸，而對行動的愛國份子，每稱為壯士，讀者非常感覺痛快。所以在此期內，報紙的銷路特別好，上海人的抗日意志，極端高漲，報紙激發情緒的功能，也到達了飽和點。

在特區中的報紙，依舊發揮著力量，敵人恨得咬牙切齒的，終於在十二月十三日通知各報館，必須送往哈同大樓檢查，否則當以激烈手段對付，工部局顧全了事實，也無能為力，於是《申報》和《大公報》就在接到所謂「通知」的當夜，召集幹部會議，一致決定抱著寧為玉碎毋作瓦全的決心，不甘受敵寇的檢查，做就了告別上海市民書，在十二月十四日，兩報同時停刊了，計算時間，距離國軍從上海西撤，不過整整一個月零一天。我們開始感覺到沒有政府保護的痛苦，當我整理著零碎文件準備歸家時，心裡著實空虛，像我們這樣有悠久歷史的報紙，竟被敵寇壓迫而暫告休刊了。其實我此時的心情，真是幼稚得很，我們惋惜些什麼呢？大家都很泰然，我們保持清白，始終沒有受辱。

於此處應當追述著，《民報》、《時事新報》、《立報》等早於國軍撤退時停刊。自《申報》、《大公報》暫告休業後，上海市民如陷入深淵，一切感覺黑暗，幸而《新聞報》與《時報》尚勉強維持，讀者可於字裡行間探得一點自慰的消息。

我們回想到這時工部局的處境，和後來盟邦美國和英國種種措置，我們絕對不能埋怨工部局，他們卻已盡了最大的努力。

以敵人和漢奸擅自到特區來捕人而論，工部局迭次嚴重抗議，無論如何，敵人不得擅自闖入人家，必須提出證據，會同工部局警務處人員前去，把所謂「犯有嫌疑」者拘到以後，先送至警務處詢問，如果沒有提出有力的證明，足以指出他是犯「罪」，警務處要立刻釋放。像這樣應付，警務處確實保全了許多愛國志士。

二、抗日報紙的勃興

二十七年的正月，我利用空閒的時間，開始在每天晚上選述《中國近代之報業》一書，自國民軍統一中國始，一直到蘆溝橋事變止，把這十餘年來中國報業進展情況，作一有系統的陳述，對於戰時宣揚國策一點，尤特別注意。大約費了三四個月的光景，全書方告完成，後承商務印書館代為發行。我在序言中說：「……午夜家居，寂寥萬狀，夫以終夜無眠之人，一旦無所事事，又寧甘長此落寞？緣再執筆，奮力以為……」這幾句話，可以看出那時我個人生活的情況。

個人的行動，很值得珍重，我自《申報》休刊以後，對於交友，加倍注意，不常往來的人，簡直不通消息，這種辦法，我後來覺得很有道理。我以為我們待人，應做到誠恕二字，尤其是要能夠容人，到大難臨頭的時候，方始發覺其意義深遠，要不然，有許多在平時極不相容的朋友，忽然露了頭角，他會得和你找麻煩，把你出賣，甚至於連性命都送掉，雖說不上是「有用之身」，但不必要的牲犧，自須極力避免。這些都是後話。

我們於二十七年在上海閒居十個月，可是從上海整個新聞事業來講，在此時期內，有一個極大的轉機。要說明這個事實，應明瞭此時的國際情勢。

原來敵人佔領了上海四周後，少壯派軍人已具有攫取全上海的決心，只是敵國內外情勢還不允許。美艦潘南號被敵人故意轟炸後，對外引起了美國空前的憤怒，在內引起了所謂保守陣營的杞憂，結果證明了公然攫取列強在華權益，尚非其時，還只能用或明或暗的手段來相機行事。

上海是具有國際性的城市，在這樣情勢之下，敵寇的行動，不得不隨著大局為轉移，於是在英美勢力未被摧殘淨盡的時際，外商的華文報紙，嶄然露出頭角。

這裡應首先提出的，是《大美晚報》和《大美早報》。《大美晚報》是純粹美國人所辦的一張華文報紙，發行人史帶，總經理白羅斯，總編輯高爾德，這幾位在中美新聞界方面很負有盛譽。他們原有一張英文《大美晚報》，出版了有相當年代，為上海英文夜報中的權威，自發行華文《大美晚報》後，中國讀者因為它的作風潑辣，消息詳確，有主持正義不畏強暴的姿態，尤十足表顯出美國人的風格，所以一般人極端擁護，雖然當時也有好幾種夜報，但《大美》的銷路，總是居於第一位。

《大美晚報》既是美國人辦的，在那個時期當然對於日本人毫無顧慮，儘量以正義立場來披露事實，這張晚報在每日下午五、六時出版，新的報紙，從機器上吐出，不消一、二小時，就會被讀者搶購一空。讀者是如何需要他們的工作呀！

於是在這個寶貴時期中，他們發行晨刊——《大美晨報》，由亡友吳中一先生編輯，許多事件，不斷地在夜裡發生，我們只須讀《大美晨報》，便可以瞭然於前後經過。當早上進晨餐時，展開《大美晨報》，赫然觸目者，全是這些令人興奮的文字，美國人的態度，總是這樣坦白真誠的，《大美晨報》的作風和晚報沒有兩樣。這報紙抓住上海中國同胞的心，當然，所發生的作用很大，一直到現在，這不可磨滅的事實，史帶先生當引以自豪的，我想。

以外商名義辦報，在畸形的勢力圈內，可以發揮正義，這是怎樣一個報國的機會！於是接著開辦的，有《文匯報》。《文匯報》係以英商名義發行的，聘請英人克明為總經理。這張報紙在編制和內容方面，有驚人的表現。《文匯報》雖由英人出面，而內部基層份子，卻是由上海許多有經驗學識的報人主持，所以在表現方面，有極大的成功。記得出版了只有幾天，即擁得廣大的讀者和銷路，對於敵偽攻擊的犀利，令人可驚，無疑地，此時上海抗日報紙陣營中添了一枝生力軍。

《申報》少數同人，於二十七年春，自南京隨政府至漢，發行漢口版，同時又於香港發行港版，上海同人去香港的，編輯部中只有三五人。迨武漢會戰後，《申報》當局將一部份機器和存紙，費了極大的力量，從漢口運到桂林，準備在桂林復刊，後因上海《申報》以美商名義復刊，人事上無法佈置，桂林版遂告停頓。

十月十日，《申報》在上海以美商哥倫比亞公司的名義復刊了，從去年十二月十四日停刊一直到此時，我們一共休息了十個月。許多舊同事，從各處歸來，大家把著筆桿，準備和敵偽周旋到底，無線電台上發出強烈的響聲，重慶的電報，一張一張的，自譯電室送到編輯室裡。我們在十月九日的夜裡、很欣幸地讀到 總裁告全國軍民書。

我們的發行人是美國著名律師阿樂滿先生，瘦長的身材，頭上聳起幾根稀疏頭髮，穿著很隨便的衣服，見了我們就拉手。他是一個法律家，他告訴我們關於美國出版法的規定。在下午，在深夜，他會發現在編輯室中。這時，他是工部局的董事，又兼上海萬國商團美國隊的隊長，在美僑中，他顯然處於領袖地位。我們很歡喜他率真的態度和誠懇的容顏，他極高興幫助我們度過這一個非常時期。他並不願做一個掛名的發行人，在每天早上，他把報上的評論一句句讀過，他是識華文的，然後再囑咐翻譯寫成英文，經過詳細研究後，把每篇的文字都鄭重地保存著。到後來珍珠港事件發生後，阿樂滿先生因事赴香港，就此不能回來，敵人把他送到集中營去，聽說生活很苦，上海的同事對他深深想念，但又無法予以慰藉。後來聽說，在美日第一次交換僑民時，阿樂滿先生已回到美國了，我真為他慶幸，謹向著太平洋的對岸，替他祝福。

《申報》復刊以後，除舊有同事外，並添聘了幾位健將，其中最負眾望而又主持我們神經中樞的，是潘公弼先生，他在報界的歷史和地位，大家都應該曉得，無需我再加以介紹。他替《申報》寫評論，在每天夜裡十時以後，坐在一間與大眾隔絕的房間裡，抽菸，思索，全神貫注地在那裡想，如果我們輕輕地走進那間屋子，立了半天，他竟會不知道。像這樣情形，不知道有多少時候，他開始動筆了，一動筆就不會停，一直到寫完為止。他寫的文章，抓住了每一個讀者的心，抓住了上海的民眾，尤其是他與眾不同的地方，他寫評論的重點，是注重事實和理智，細細地分析，使讀者一口氣讀完了，覺得他的話是完全對的。有時他也會以豐富的感情，寫上一篇令人振奮而又自然的文字。憑他的判斷力，來觀察一件事情，到日後往往完全符合，於是乎他又列舉以往的判斷，敷陳現在所發生的事實，證明他的見解未曾錯誤，來索取廣大讀者的同情心。老實說，我們的《申報》，在許多抗日報紙中，是毫無遜色的。

《申報》有七十年的歷史，在傳統精神上是素來保持穩健態度的，讀者對於它的信仰心，也非常之大，但是，在此時局萬分緊急時代，上海人不能一天不看報，如果停刊得過久，大家對於愛好這張報的重心，便會漸漸地淡漠下去，這是無庸諱言的事實，所幸我們僅僅乎休刊了十個月，便又與世人相見，一般老讀者歡欣鼓舞的情緒，可以從許多來信中看得出。

在我們復刊的同時，《新聞報》亦改為美商，此後我們在工作上有許多聯繫，互相珍重，渡過了不少難關。

敵偽方面看見這兩張報紙以美商名義出版，恨得咬牙切齒，天天在籌謀對付的方法，可是因為美國的關係，他們未敢輕舉妄動，只好靜以待時，我們看得很清楚，遇到值得大肆抨擊時，絕不肯放鬆一步。

時局是一天一天的緊張著，有許多嚴重的問題，正在逐步開展中，到底發生怎樣後果，誰也不能預料，我們只有前進，只有把握住一枝筆桿，在孤島上盡一點力氣，國家不曾徵召我們去作戰，用不著衝鋒陷陣，我們還有什麼考慮呢？

二十七年的年底，整個上海社會的情形，有點異樣了！因為在二十六年我們與敵人開戰之初，許多富有的人認為上海必不免於糜爛，替自己打算，還是早一點離開的好，經過一年了，上海還是這樣，他們覺得還是回上海罷，於是皇后輪總統輪又把這一群尋求享受的高貴男女，重復載回上海。非但如此，就是本來卜居在香港，澳門的寓公，也覺得上海的生活程度並不怎樣高，因此，他們也來了。再有，在京滬滬杭沿線各城的居民，因為不堪忍受敵偽的蹂躪，紛紛攜其所有，到上海來逃難。這時的上海，真是所謂「冒險家的樂園」。

人多了，房子住滿了，一切物價，頓時高漲了數倍，上海便從此時開始它的噩運。

廿八年春，汪逆兆銘自河內前往敵國消息，傳遍了上海，大約就是四、五月間罷，傳說汪逆已經到滬，住在虹口的東洋旅館，但誰也不理會這一件事。不過我還記得中央來了一個電訊，說汪逆過去的歷史，已經變了許多花樣，此次脫逃，並沒有出於預料，不過他唯一的本領，就是會說話，勸大家不要為他的「巧言」所惑，這一條消息，我記得各報都用大字登載的。

此後，又得到報告，說在滬西越界築路區域的某鉅宅內，發現了許多穿草綠色「制服」的暴徒，這一個地方，就是後來奸偽們的巢穴。

接著，著名的偽「特工總部」在極司非而路七十六號成立了，不斷的血案，便從此開始，這真是上海有史以來所從未有過的最黑暗最卑劣的時期。這一年的六月十七日，《申報》的編輯委員瞿紹伊先生在他的寓所內首先遭了狙擊，所幸躲避得法，僅僅傷了臀部，生命得以保全。瞿先生在上海吃盡千辛萬苦，到今年的元旦，以六十高齡，不辭萬里跋涉，已投到祖國的懷抱中了。

三、黑名單發表以後

這是民國二十九年的七月一日，上海天氣乍熱，初入盛夏，大家有點過不慣的樣子，還記得是下午二時左右，接連來了兩個電話，說我與許多同事同時遭「通緝」了，這就是後來大家都知道的八十三名抗日份子的黑名單，我家裡看不到敵偽方面的報紙，也就將信將疑，一笑置之，料想這不過是玩一套把戲，具有恫嚇性質而已。這一天晚上，我仍舊到報館工作，毫無異狀，不過翻閱偽方的報紙，知道果有其事，所加諸我們的「罪名」，是破壞「和運」，其餘還有許多卑劣字樣，也記憶不清楚了。這一夜工作完畢，天已微明，驅車歸寓，拉下窗簾，全室漆黑，酣睡一如平時。

第二天，風聲有點緊急起來，說是偽「特工總部」七十六號對於被「通緝」的人們，卻有一網打盡的決心。中午有人來了電話，說是你住在家裡總不安全，應該暫時躲藏起來，說不定你的寓所附近，就有偽特務人員伺候著，你應該早為設法才好。

就是這一天午後，聽到大美電台阿爾考脫的報告，在被「通緝」的八十三人中已經有一人被狙擊了。至是我方覺外間所傳風聲緊急是不假的。眼前有兩種說法：第一，偽特工之所以要和你為難，的確因為你在報館裡工作，如果把職務辭掉，放下了筆桿，不是就沒有問題嗎？第二，你萬一不肯離開崗位，就應得籌一萬全之策，或者住到報館裡去，或者暫時請假，躲避一下再說。

我為這兩種說法所迷惘，一時竟想不出一個決策來，不過理智告訴我，不應該離開崗位，應該繼續奮鬥。最後還是我的妻子說，你不必多所考慮，去和大家商量商量再說，好在被「通緝」的有八十三個，而館中同事，就有十餘人之多。

於是我謹慎地走出了大門，向四面張望一下，看看是否有不逞之徒暗伏在大樹邊或者隔壁的空地上，如果有形跡可疑者在，是如何應付，我又不敢循平常所走的道路，繞了一個大圈子，方走到公共汽車站，上了車，把頭低下來，不敢仰視，好像自己是個賊或者做過不名譽的事情似的。

到了報館以後，情形有點和往日不同，大家把筆桿放下，紛紛議論，有些人還故作神奇之說，使當事者心旌搖拽，莫知所可，最後，我們這一群被列名黑單的人，去和報館當局商酌，應該取怎樣一個步驟來應付現局。其實報館當局，也是列名首要，同時和我們被「通緝」了。

一間小室內，坐了十幾個人，風扇不斷地轉動著，汗還是不停。大家發表意見，其焦點所在，仍然是辭職或者繼續工作問題。在這種情形之下，誰都不願替誰擅作主張，全靠各人自己決定。我們的當局向來是很鎮定地，他於熟思之餘，發表意見，他說：「在這種紛亂情況之下，我們這張報紙，無論如何，是要繼續出版的，假定我們步驟一亂，反為敵偽所乘，中了他們的奸計。不過，諸位在目前已經受到威脅，願意和環境繼續奮鬥，堅持到底的，我們非常熱望，請即日把舖蓋搬到報館裡來，我個人當絕對保證安全。至於……」他說到這裡，遲疑了半晌。

「至於或有認為繼續工作，足以影響他的生命，或有人另有他項兼職；無法住館，或更有因家庭關係，不能和我們在一起的，只好請諸位自己決定。我們要維護國策，要在這大時代中替國家出點力，……我自己也是被敵偽『通緝』的人呀！」他說話的神氣，非常興奮，有動人的語調。

小室中的空氣，頓時又緊張起來，有幾個人交頭接耳，作個別討論，有些人默然。

有幾位先生毅然和我們暫時告別了。不過他們脫離報館以後，偽特工絲毫不肯放鬆，仍然是到處追尋，他們朝夕遷移地方，非常痛苦。據說，在這個時候，滬西七十六號偽特工總部有一個所謂「賞格」，生擒某人的「賞」多少，打死某人的「賞」多少，這般歹徒，作惡多端，一天到晚，混在賭場裡，要從黑單上列名諸人中發一票財，所以到處訪尋，反而居住報館裡的人，倒比較安全一點。

我個人呢，處於這種情況之下，已毫不猶豫地堅定了信念，我不能放棄崗位，我不能稍示畏怯，我應得格外振作起來。

大概就是七月二日的下午六時左右罷，我還沒有到報館工作，家裡來了一位客人，一位是現在擔任東南戰地宣傳專員的馮有真先生，那時他正在上海負責主持宣傳工作，一位是被漢奸狙擊成仁的金華亭兄，當然他們也在黑單之內。他們的來意，是說明上海整個新聞界的環境和敵偽的陰謀，希望我不要稍萌退志。馮先生的態度非常激昂，拳頭握得緊緊地，向小茶几上一擊，把半杯茶都打翻了。華亭兄素善詞令，很巧妙地分析這張黑單的前因和後果。他也在我們報館裡工作，是一位機警的戰友，關於他被害的經過，在本書的後面，當再詳述。我和馮先生雖時常往還，但對於他的印象，以此次為最深刻，以後我們幾個人在工作聯繫上常有密切合作，私人的交誼，也日漸濃密起來，竟然此次在山城的重逢，作了一個月的聚首，見面寒喧以後，彼此握手不放，大有如同隔世之感！緬懷往事，追念亡友，尤不勝感慨繫之！

七月二日這一天，在我個人說，真是此時數年備嘗艱困的開始，亦復是體味人生意義最嚴重試驗的日子，我至現在執筆寫此文時，猶悵觸萬端，不能自已。中午緊張的氛圍，薄暮忠評的勸告以及晚上集會的情景，一幕一幕的過去，使得我氣都透不過來，直至最後決定堅守崗位時為止，我才恢復了正常。

此夜工作完畢以後，編輯室中電話聲頻頻不斷，從各方所得到的報告，知道敵人要到各人家裡去搜抄，並不一定說要到某人家裡去，不過卻有搜抄捕人的事實。又有人報告：說報館的門首，已有偽特工暗立牆隅守候，如果要走出去，定遭不測，有幾個好事的朋友從鋼窗下窺，那邊電桿木旁，不是有一個黑影子麼？其實所謂黑影子者，也許是一個行路的人走過，是一個善良的老百姓，不過我們不得不提防一下，決定今夜權且在館住一晚再說。好在是夏天，氣候相當的熱，我就在別人的床上躺下，一方面與家人通電話，教他們先查一查書籍，很可惜的，是一本抗日大畫史被僕人燒燬了。

我們的報館，是一座五層樓的大廈，佈置是這樣的，地下室和底層的一部份裝置機器，近街的一面是營業部份，二樓為排字房，三樓為編輯室，四樓五樓為圖書室和宿舍。我們寄寓的地方是在四層樓，老實說，我對於這種集團生活，已經有點過不慣，第一夜為印報機器聲所騷擾，簡直不能入夢。

我承認我自己是一個很平凡的人，這十餘年來，幹著平凡的工作，過著平凡的生活，雖然自己不愛享受，但生活受著環境的支配，有時會慢慢地循著自然的趨勢，會安定下來，因為能夠安定，便會走上舒服的一路。以此時的境況來說，我住在法租界最偏西的一條冷落的馬路上，房子前面，有一個適中的花園，攀藤把四面的竹籬都長滿了，碧綠的顏色，照映到窗上，在春夏秋各季，是園中最熱鬧的季節。房子裡面，有八個很大的房間，除臥室而外，我朝夕寢饋其間的是一個很大的書室，十幾年所購置的或友人所贈送的書，都堆積在四周，我便在書堆中安放下一張極大的書桌，在這裡工作著，沉思著。我雖然有時也想到這些都是身外之物，我不能為了現實的享受，永遠度這種平凡的日子，也許會有一天，我離開這可愛的書室。

果然，現在不平凡的大時代已經來臨，環境不容許你在此逗留，你應得追逐時代。在次日的上午，我以電話叮囑家人把我所應用的衣物，派人送到報館。誰想到在四樓的一間臥室裡，便是我此後十八個月無形監禁的所在。

第二章

十八個月的幽閉

非但我自己，恐怕任何朋友都想不到，自民國廿九年二月二日搬入報館後，直至民國三十年十二月珍珠港事變發生，才得脫離了這桎梏。一共是一年零六個月，我始終被無形拘禁著，好像被「判」了有期徒刑的樣子。

一切艱難困苦和當時緊張、恐怖、卑劣的氛圍，只有親身遭遇的人去親自體會。不在這圈子裡的人，絕想不到如此困難，即以我自己而論，事隔了二年多了，影子漸漸地暗淡下去了，真有一些懷疑，何以竟會把這個艱苦時代度過，自己覺得是一個奇蹟。假使在當時，環境能夠允許我寫上一點，一定比現在所寫的要生動得多。

很率直地說，我們不怕威脅，不怕死，無論如何，是要與敵偽奮鬥到底的，何況租界的畸形勢力，在此時尚足以維護我們呢？但是，有不得不令我們提防的，是敵偽策動暗箭傷人的方法，門口有手榴彈了，書櫥裡也放進定時炸彈了，而被收買的無知份子會時時刻刻站在你的身旁，記錄你的一舉一動，總而言之，環境所造成的神經戰，會使你從清晨到深夜，沒有一刻的安寧。

一、報館武裝起來

報館大門口的戒備，很值得回憶，如臨大敵的情景，猶歷歷在目。最大的目的，是要把底層的設備，格外加強起來，使得一切人等，必須經過嚴密考察與搜檢，方得到二層樓而後直達內部。當時我們的看法，可分為兩種：一，或有成群的暴徒，持著軍火，在夜半或凌晨一擁而入，把我們傷害；甚至用綁票方法將大家帶走。二，是無恥份子以訪問戚友的名義，暗中運入武器如定時炸彈等等。但是後來事實的答覆，成群的暴徒並沒有來，而定時炸彈卻被運進。

美國密梭里大學新聞學院已故院長威廉博士在十餘年前，曾到過《申報》館，說我們的建築和設備，很適合於一家新型的報館。現在雖然陳舊一點，但灰白色的五層大廈，高牆上鐫著一八七二年創刊字樣，也就很夠表示這張報紙的歷史和地位了。

玻璃大門上加裝了鐵柵，下半層完全用鐵皮包著，只留了一方塊玻璃，可以用眼睛向外面張望。本來我們只有兩個徒手巡捕，日夜輪流，在門口維持交通和招呼一切，現在他們非但是武裝起來，且從兩個人擴充為六個人，八個人，就是上海所謂「雙崗」，由雙崗而成為一小隊了。工部局當時還要臨時派巡捕來抽查。這些武裝巡捕的工作，是對任何人等施行全身搜查，以阿樂滿名義所出具的布告，張貼在牆上，說明事非得已，請求來客合作和原諒。在門首還放著一張小桌子，坐了一個職員，專司紀錄來客和出入職員的姓名。如果來了一個訪客，必須親自寫明訪問何人和事由，經過了通報，由被訪的人在單子上簽字，這樣，才准許訪客登樓。到後來，有許多親戚和朋友，因不勝門首搜查的煩苛，傳報和等待的嚕囌，又以報館為危險之地，假如適逢其會，遇到炸彈爆炸，豈非以身嘗試，因是，大家來了一次之後，就有點不敢再來，我們反而寂寞起來。

和大鐵門正對的，是上二層樓的扶梯，在梯的盡頭，我們又裝了第二道鐵門，上面有兩個小孔，可以居高臨下，向外窺視，一覽無餘，如果發生什麼問題或大門外衝進了暴徒，則第一道防線不守，第二道防線還可以很牢固保持著，同時，打電話，揿警鈴，將有充分時間向工部局警務處求救。

這是文化崗位，是一個堡壘，是我們的報館；我們的家，又是我們被「監禁」的牢獄。

在四層樓上一共住進的有十幾個人，原有住在這一層的，也有十幾個人，一共是二十幾位。從早至晚，我們有舒適的三餐，晚飯後，還有一個茶會，咖啡和紅茶，任人選擇（那時的S.W.和Maxwell咖啡，每磅不過三四元），坐在走廊的一角，便海闊天空地談論起來，有時開無線電收音機，聽聽中外音樂。大約九時左右，我們便到編輯室，開始一夜最緊張的工作。

當然每夜總有幾件情勢嚴重的新聞，需要解決，我們既有了一定主張，任憑環境如何險惡，總把它設法表演出來的。

二、自由中國的畫冊

天氣很熱，長日如年，通常以午後為最難消磨，別人會去尋求午夢，到薄暮再起來，惟有我，還要替中國旅行社編輯稿件，這是我十餘年不曾脫離過的一個兼職。我好像從家裡到中國旅行社一樣，當午飯既畢，稍微休息一下，約摸兩點鐘的光景，我從四層樓走到三層樓，有一只檯子，專放《旅行雜誌》稿件，我便坐在那裡工作，這個時間，——下午二時至五時，是我自己的，我便認真地計畫一切。好在桌上有電話，許多事件，可以數語和中國旅行社同事商決。

在這個時期內，我為中國旅行社除編輯每月出版的《旅行雜誌》外，又編成了一本《西南攬勝》，把大後方抗建根據地的情景，如名勝風景，交通建設的全貌，用圖畫來表現其成就和偉大。是以貴陽為中心，沿著公路路線，向北到重慶，西至昆明，南至南丹而柳州和桂林，東至衡陽長沙，無不儘量搜羅。所有圖畫材料，除採取原有的一部分外，係由各分社搜集供給，而關於四川的一大部份，都是名攝影家郎靜山先生的作品，故為全書生色不少。此中所搜集的，大約總有好幾百幀圖片，以銅版紙和糙米色道林紙精印，分成精裝本和普及本兩種，全書約為二百餘面，當時因上海一切物質設備，都非常便利，所以印得相當精緻，書面尤其美麗。我們所定價格，不過八元和四元，書成之後，不到一月，便完全銷完，當然有一部份係經由香港運到內地來的。我們馬上又擴充材料，繼續再版，也是歷時不久，完全售罄。上海的人士對於這本書的觀感，我不敢妄自評價，但據我的朋友說，大家讀此畫集後，才對西南有深切認識，一致認為大後方有豐富的資源，算是了不起的地方。後來第二版銷完，因環境關係，已無法從事第三版之印行，而讀者尤紛紛索購，舊書攤上不知如何，預先購存不少，竟有黑市價格，每本索價達一百餘元之鉅，去年年底，我到桂林，友人見告，如此時在內地有此書出售，那代價總要在五千元以上了。

我們曾經以此，送給英大使寇爾爵士、美大使詹森，因為畫中除有中文簡單說明外，並有英文註解，寫得很詳盡。寇爾爵士在惇信路官邸中親筆寫了一封覆信，只有一句句子，非常幽默而有價值，他說：「你們用這種方法把自由中國表達出來，使我非常感動。」詹森大使的覆函，也極端讚美。法大使戈思默，這時剛從北平到上海，我們也送了一本去，可是一直沒有收到他的回信。中央宣傳部駐滬專員馮有真先生一共買了幾十本，分送美國和英國大使館的情報處，獲得一致的美評。路透社遠東總經理親自對我說，他很喜歡這些畫的美麗，尤其是每一張攝影的章法，都很不差。他的夫人是一位畫家，對於美術書籍，極端愛好，他說有許多照片，可以描繪下來作為水彩畫的。

在出版此書之前，我們花了很久的功夫，製成許多精緻的宣傳品，於幾個月前分寄歐美南洋群島一帶的使領館請他們代為推銷，我們並不是從營業方面著想，我們是希望把自由中國的全貌介紹到外國。這個計畫不是徒勞的，許多定單紛紛寄來，並且有幾個使領館來了急電，希望我們趕快寄出，務於十二月前送到，俾用以作為耶誕和新年的禮品。

這本書可說是相當成功的，當時我想，如果在抗戰勝利以後，我們有一本定期刊物，完全用英文撰述，把中國古代美術和近代建設，再加一點新聞價值的時事照片，完全用圖畫表達，像美國的《生活雜誌》一樣，認真地去幹，使得每一期裡都有其中心資料，在對外宣傳上，一定可以得到偉大的收穫，同時，可以吸引許多歐美遊客，聯袂牽裳，到我國來遊歷的。關於這，應該擬具一個詳細計畫，在這本書裡，無庸多說了。

此外，我又為《旅行雜誌》編了幾本專號，如南洋群島專號，西南專號，四川專號，又因菲律賓特別重要，出了一本菲律賓專號。我個人的身體，雖然關在這個「牢獄」裡，而我的神魂卻飛越萬里，和大後方聯繫在一起，換句話說，我的精神和思想，是完全自由的。老實說，以上海開埠歷史的悠久，地方的大，民眾愛國情緒的熱烈，敵人雖控制了四郊，根本沒有用的。電報局被「接收」了，我們可以到美商通訊社去打電報，郵政局有敵人的檢查員了，我們仍舊收到祖國寄來的書報。有一天，我們收到一本綠色土紙印的《戰塵集》，是陳樹人先生的詩集，裡邊有許多動人的詩句，已經陸續轉載了。我們更從去香港的郵船上託戚友寄遞書信，大後方始終不曾和我們隔離。

儘量地工作著，努力著，興奮著，把全副精力寄託在工作上，一日不過二十四小時，每天幹了十幾小時的工作，到黎明時，精神萎頓萬分，也就很容易入夢。像這樣的生活，十餘年來從未經歷過，有時我退一步想：萬一我被敵偽們逮捕去了，受著酷刑，我還是要忍受下去，現在禁閉於文化堡壘中，無論如何，總比在正式「牢獄」好一點。

三、員工的被「逮」

有一天，我午後入浴，把所有的東西，都放在桌上，等到浴罷，忽然發覺一只亞米茄的手錶不見了。一工友的報告，在這極短時間內，只看見過一個很年輕的工友到房裡來過，大家認為他的嫌疑最重大。於是我就囑付管理事務的職員來偵詢一下，小工友氣急敗壞地極力否認，可是他形跡慌張，總不免可疑，但是也沒有什麼證據，也就罷了。不料這個小工友卻有一番來歷，後來有許多事情，都是他幹的。他皮膚白淨，生得一表非凡，平時大家也不十分注意他，可是近來服裝整潔，舉止豪奢，大非昔比，自從手錶失竊以後，一般人的注意力，便不免對他集中。大約經過二個星期以後，小工友忽然自動告退了。在第二天的晚上，我們便得到報告，他早已參加歹土七十六號偽「特工總部」裡工作，所以我們內部人員的一舉一動，他每天總做一個報告，甚至於樓上寢室的位置，方向和「黑單」上列名的人所住的房間，他都清楚地繪一張圖送過去，他原是偽特工總部的第五縱隊。自從手銬被竊以後，他有點不好意思，索性脫離報館，正式參加偽方，反而可以公開活動，肆無忌憚地去幹。其實我們心裡暗暗好笑，像這個知識淺陋，意志薄弱的青年工友，究竟能曉得些什麼呢？他不過想拿幾個錢去揮霍，而偽「特工總部」的卑鄙無恥，也就灼然可見了。

小工友離開報館後，在我們門禁森嚴狀態之下，當然不許他再來，因而他的情報反形缺少，簡直一點都沒有，偽方開始對於他不滿，認為這個人已失去作用，似乎無需再加以豢養，於是小工友起了極大恐惶，竟泯滅了天良，進行第二步的工作。

偽方認為被「通緝」的人，深居簡出，大門口戒備又如此嚴密，實在沒有方法下手，於是更定一毒計，準備把我們未遭「通緝」的重要職員（他們不住在館內）「拘捕」了去，用威脅的方法，叫他們打電話給我們，說請我們到秘密的地方去吃一餐飯，或許我們貿貿然去了，可以一網打盡。這個毒計，確是想得周密，他們非常高興，便按著預定步驟去做，當然小工友是一個強有力的因素，他計畫如何下手，在什麼地方和什麼時間最適當，經過好幾天的準備，便開始行動。

第一批被「捕」的，是排字工友，果然利用電話請客，把營業部的一個職員騙了去。第二天，兩處同時出發，由小工友領捉，先把我們的代理董事長從家裡「拘捕」了，幾個聲勢洶洶的無賴，手裡擎著盒子砲，邊說邊推，說「汪先生請你去幫幫忙」，這個所謂「汪先生」，當然是指汪逆精衛了。我們的代理董事長年紀已經六十多了，他是一個具有十足舊道德的典型人物，平生酷愛正義，不畏強權，當時只好隨著他們走，一直走到七十六號，奸偽們高興極了，立刻開始談話，小工友站在旁邊，他們先說一套十分仰慕，希望幫忙的鬼話，馬上就提出一個要求，請他立刻以電話邀請住在館內的同人，到秘密地方去飽餐一頓，並且「貢獻」了許多技巧，說住在館內太煩悶了，不妨出來透一口氣。

我們的代理董事長很平淡地拒絕了，奸偽們所問他的話，他概答以不知。後來奸偽們見無計可施，老羞成怒，露出了猙獰的面目，把盒子砲向桌上一摜，大聲呼咤道：「你如果再不老實說出，我們真要不客氣了。」

「我年紀活到六十多，已經算夠了，如果為了正義而死，是光榮的犧牲……」代理董事長一點不畏懼，格外覺得氣壯。

枉費了一番心機，結果等於零，奸偽們真是徒勞。正在這個時候，我們的庶務主任，在另一處也被他們「逮捕」了去，說來好笑，一句話也問不出。

我認為七十六號最卑劣而無恥的行為，是把館中副經理的全家，在黑夜中從床上「拖」了去，其中有七十幾歲的老太太，十幾歲男女小孩，一共「捉」了五個人，這是洩憤，這是不是納粹所採取的所謂「人質」辦法？幾天之中，我們館中被「捉去」的有十餘人之多。

這個認賊作父的第五縱隊——小工友，他的父親早把他驅逐了，在歹土中無惡不作，究竟金錢的來源有限，而個人的揮霍和慾望是無窮的，最後他果然在歹土中立不住腳，實行上海一句俗話「開碼頭」的辦法，到外埠去尋出路，大約不過幾個月的工夫，據確實消息，他在滬杭公路一帶被游擊隊所槍殺了。

四、擲過四次手榴彈

在我們住進報館半個月後，有一天早上，大約不過七八點鐘光景，我方躺在蓆子上熟睡，因為一夜的工作，到黎明方始登榻，所以睡得很酣熟。忽然聽得兩次巨聲，我從睡夢中驚醒，立刻從床上坐起。這時樓下人聲鼎沸，說是我們大門口被偽「特工」拋入手榴彈了。

這是奸偽對於我們首次實施襲擊，因為「通緝」無效，「警告」無效，我們的言論和新聞記載，始終沒有變更，而抨擊的進度，格外加大起來。我現在回想從前，這時候一股勇邁之氣和赤誠愛國的同工，大家好像從內心中發出一種力量；而這種力量是不可忤的。我們前總主筆陳景韓先生常說：「……報紙之一方面，固可指導輿論；而另一方面，亦當受輿論之指導。……」這就是說辦一張報紙，固然可以拿好的見解和批評去指導社會；同時社會方面也不是盲目的，他是否肯接受你的見解和批評，就要看你的言論的本質而定。社會上有無數的讀者，時時刻刻在注視著你的報紙，如果你的言論並不能代表大眾的意見，你的報紙馬上會失去了群眾，馬上便沒有力量。在此時，上海民眾的情緒是怎樣？——就是一直到現在，上海同胞熱愛祖國的情緒，還是和從前一樣——我可以說一句：我們那時的力量，就是讀者的力量，我們所要說的話，也是社會所要說的話，我們有社會潛在的力量做我們的後盾，我們還有什麼疑慮和什麼恐懼！

我在人聲鼎沸中，拉了我的同伴嚴君服周直奔下樓，走到扶梯口，看見了一大堆的血跡，坐在簽名簿桌畔的一位同事，他身上穿著一件白夏布長衫，上面全是血污，我一見駭然，問他受了傷沒有，他坐著發怔，一句話都說不出，向我搖搖頭。

我們再走到營業部的角落一看，真使我吃驚，地面上有更大的血跡，還有許多彈片，在櫃台裡面的幾個職員，個個面面相覷，好像在戰場上中了流彈，一時癱軟了，還無法恢復神志似地。再向大門口一看，一個印刷部的王姓工友，滿身血污，已經倒在地上，我們也不知道他是死是活，還有一位編輯部的同事石君，坐在長椅上呻吟，大概已經中了彈片。

五分鐘後，警務處的紅色救護車開到，把幾個受傷的人，立刻送到仁濟醫院去救治。經過半日的擾攘，血污全部揩去了，一切恢復了平靜。我當時有異樣的感覺，心中無限悲痛！人生是太渺茫了，假使我早上起來，也坐在那一張長椅上不是也受了傷麼？雖然這是一點幼稚的思想，毫無價值不過目擊著同人流血，眼前的慘況，終是不能去懷的。

午後，派人到醫院打聽消息，知道印刷部的那位工友王君在到院不久以傷重而因公殉職了。編輯部同事石君受了一點彈片傷，似乎無甚妨礙，大約經過一個時期休養，當可康復，不料這個診斷是錯誤的。此外，馬路上還有幾個行人，好像有數人受傷，一人殉命。我們對於死傷的人，非常哀悼！尤其工友王君在凌晨從機器間捧著一大堆的報紙到門口去，交與發行部，準備批售與報販，竟適逢其會，在職身亡，家境非常蕭條，除報館中優予撫恤外，我們同人也捐了一點錢給他的遺族。像這樣就結束他的生命，大家都覺得悲慟，但是他因公殉職的意義，是永久不能磨滅的。

事後據各方面的調查，偽「特工總部」首先要對付《申報》，因為如果把《申報》弄屈服了，其他各報便容易應付。這一回的襲擊，卻經過相當準備，先派人來窺探了好幾次，然後相機下手。這一天早上，他們派了好幾個暴徒帶來兩個手榴彈到大門口，又不敢從大門拋入，乃爬在窗口，把這兩個手榴彈用力向地上一擲，他們於事畢後，便分頭逃走。他們之所以揀在早晨來襲擊的緣故，是因為這時候路上行人車輛不多，門口的巡捕稀少，擲好手榴彈後，容易逃命。不知道彈片四濺，非但傷害了我們兩位職工，同時又使行人死於非命。

於這種情勢之下，非特列名「黑單」的人有危險，就是其他職工，也覺得慄慄危殆，朝不保夕，有許多人甚至於要辭職。結果館方再加緊戒備，又於櫃檯上加裝了一道很厚的鐵柵，大家只得暫時安定下來。

編輯部的石君，原在某中學擔任教職，這一天特別早起，趕往學校上課，不料為彈片所傷，他進醫院後，醫生於洗滌腿部傷口後，認為並無大礙，豈知兩星期後，傷口果然平復，但腿部疼痛異常，甚至不能行動。再請醫生用X光照視，發覺內部有一樣極小的東西，經過了開刀手術，方始箝出一塊小紡綢，原來石君的紡綢長衫，被彈片擊穿後，有一塊小紡綢一併射入腿部，醫生只看了外表，並不知道一塊小紡綢在內部作祟，倘不及早箝出，後患真不堪設想。

於此可知漢奸們手段的毒辣和所用彈藥的猛烈了。

隔了不久，又有第二次的投彈。記得是初秋的天氣，已有一點寒意，這一天薄暮，忽然降了一陣雨。上海的黃昏，和重慶不同，很容易使天氣黑暗下來，我正站在四樓的窗口，向著對面外國公墓廣場上凝視，見許多樹葉已開始微黃了，心中有無限蕭疏之感。在出神的當兒，又聽見幾個極大的響聲，實在因為上次的印象太悲慘了，不願再下樓探望。一小時後聽同事們說，這回偽「特工」投了三彈，不曾傷害了一個人，而他們的暴徒於擲彈後，拚命四散奔逃，反被我們矮腳巡捕追獲了一個。當時我們聽了很覺高興。

這個暴徒立刻送到工部局警務處，經過審訊後，已確實供明是滬西七十六號所指使，據說他們每次「行動」的報酬，不過幾十元，說來也真可憐。第二天，警務處還把這個暴徒送到我們的大門口，重行表演了一次。

以上都是民國廿九年的事。三十年正月，偽「中央儲備銀行」正在準備開幕，潘公弼先生寫了一篇〈中日貨幣戰〉的社論，揭發敵人的金融陰謀和偽幣窘態，漢奸們憤恨萬分，又於一月四日下午在《申報》門口人行道上放了三枚手榴彈，所幸發覺尚早，並未爆炸，當請捕房移去，據說這是恫嚇性質。此可謂為第三次投彈。

偽「中央儲備銀行」在開張前，送來一張大幅廣告，威脅恫嚇，堅要我們登載，當然報館當局堅決拒絕了。可是因為這一件事，竟把同事金華亭兄犧牲了，執筆至是，懷念亡友，無限辛酸！關於華亭之死，當於下章詳述。同時我們又被第四次投彈。在偽「行」開張的次日，漢奸們看不見大幅廣告，覺得太沒有「面子」，其實他們還要什麼面子麼？在一月六日的黃昏，又在大門外連投了三彈，只有一彈爆炸，傷了四個路人。

老實說，上面所說的四次投彈，在我個人並不覺得什麼，因為我始終留居在文化堡壘內，不願意走出去，所以危險的成分比較少。我認為最危險的，是廿九年度夏秋之間的一個定時炸彈了。

在我們編輯室的外面一間屋子裡，有一張比較大的桌子，上面放著象棋和圍棋，我們一有閒暇，便聚到這裡下棋。相隔不到五呎的地方，放著一口書櫥，內邊放著很多參考書和舊報紙。漢奸們不知用什麼方法或者在什麼時候，把一枚定時炸彈，運到編輯室中，而這一枚定時炸彈，便放在這書櫥中。假使不幸爆炸的話，我們這許多人必定死於非命，尤其是我的辦事桌子，就在隔壁的房裡，距離定時炸彈的地位，最多不過十五呎，那我個人真有間不容髮的危險。

中國有句老話是「命不該絕」，又有一句比較體面的句子是「吉人天相」，我大概是屬於「命不該絕」的一類了。這個定時炸彈，做的並不精巧，或許由敵人供給的，始終失去了時間性，所以靜靜地在書架上躺了若干時間。

有一天，我們圖書室的主任楊君看見書架上堆了這許多書，便想把它清理一下，於是叫工友把許多書都移到他的辦公室裡去。楊君在整理的時候，看見有一包並未拆開的書，便用剪刀把繩子剪開，不料在檢視之際，忽然有一根彈簧向他面上一射。楊君心知不妙，立到從辦公室中逃跑，另方面通知警務處人員來查驗。據查驗的結果，是一個定時炸彈。

偽「特工」的方法很巧妙，他們用四五本西裝書，把書的中部挖空了，恰好放入一枚定時炸彈。後來我去看過，這些書籍中有一本是威爾斯所著的《世界通史》。阿樂滿先生認為是一件大事，特地邀請美聯社記者到報館去拍一個照，送到美國去登載，但是我後來尚無法看到。

五、辛酸的回憶

從七月到十二月這六個月中，我們在驚濤駭浪中過著生活，時時受到直接威脅，上海有許多新聞記者被暗殺了，其中不少為有名人士；各國記者同樣遭逢痛苦，甚至於也要被敵偽們所謀害。血淋淋的事實，在不斷演進中，我們雖以身許國，義無反顧，但是我們有家，有妻子兒女，像這樣困處報館，半載不歸，館外槍林彈雨，館內發現定時炸彈，誰也不能保證誰能夠獲得安全。家裡的人愁腸百結，一夕數驚，而敵人又於每黎明闖入人家。任意「搜檢」，無論男婦老幼，隨時有被抓去的可能，上海是怎樣的一個世界呀！我到現在身居自由祖國的重慶，猶不時想起四年前艱危的處境，每當夜半清醒，輒深深地為自己慶幸，同時又為許多留在上海的朋友擔心。

我的家這時在愁雲慘霧中，大家都沒有一絲笑容，每逢館中大門外投過一次炸彈，必轉輾秘密託人來館探視一次，看見我安全無恙，方始釋然。平時也不敢多通電話，就是說幾句，卻很知趣而是酬酢的話，好在彼此都會心罷了。每逢星期日，家裡的人來探視我一次，帶些食物，有時和妻子相對黯然，不知何時方可出此「牢籠」，從下午談到黃昏，細訴家常，說不完的淒苦滋味。於此時期內，所有家中一切瑣屑事務和子女讀書問題，都由我妻獨任其勞，我到現在還非常感激她。在這一年又半中，她著實辛苦，使我無內顧之憂，能夠完成我所應負的使命，在這裡有一提的價值。

暴風雨的來，多出於預料，有好幾次，據館中的消息，說偽「特工」對於我沒有辦法，將要到我家裡去捕人，形勢緊急，好像馬上就要發生事故，我只得叫家裡人暫時到親戚家躲藏起來，攜了一點米和簡單行李，住在一間小房間裡，住過了十天廿天，然後再回去，像這樣就有了好幾次。

正當這個時際，香港幾成為上海人物的集中地，美英的郵船一星期要開上好幾班，每一條船出發，總有許多人，秘密上船，隱姓埋名，脫離了萬惡淵藪的上海。

很感謝在香港的一般友人，如潘恩霖、唐渭濱、葉秋原諸先生來了好幾次懇切動人的信，勸我早日南行，不必以有用之身，和槍彈去奮鬥，並且他們給我保證，供給我在港費用，叫我不必再留戀在上海。更使我感慰萬分的，有一位朋友替我領了一張外交部的護照，勸我趁這個機會，到美國去一趟，至於旅費等等，他們已有一個打算。信裡的話，十分委婉動聽；而且有正當理由，讀了好幾遍，深覺於此患難之中，友情的溫暖可愛。此外浙江阮毅成、徐聖禪兩先生，亦迭次來電，叫我到永康去，盛意彌足感佩！

有了這個赴港；赴美國的問題，著實使我徬徨了好幾天，考慮後再考慮，熟思後再熟思，最後方才決定：

我應該把握住這個可遇而不可求的機會，這是一個大時代，我應當堅守崗位。如果我離開上海，敵偽們一定以為我是被嚇走了，非常可恥；或者我去了以後，也許會影響到一部份奮鬥的同工。再進一步說，萬一我南行以後，所做的工作，不一定比現在的工作更緊張！更有意義。

相反地，香港關係方面所來的指示，卻堅決叫我留滬，而館中當局，更誠摯地挽留我，不放我走。

其實我根本不預備放棄崗位，於是乎由夏而秋而冬，我一直住在四層樓的小室中。

先父德齋公這時居住故鄉，關於我本身被「通緝」及所受威脅的事情，根本不敢在家信中提起隻字，因為引起老人的憂慮，是絕對無益的。我僅於信中的約略提及因為環境不靖，為免往返奔走起見，已移居館中。然而此時惡劣的消息，老人終於偵悉了，每次來訊，有些憂傷的辭句，時時使我哭泣，使我晝夜不安。

我父是一個史學家，他對於歷代興亡，有精闢的見解，他說，這一次中國發動神聖抗戰，必定得到最後勝利，可使民族復興，是毫無疑義的。後來故鄉淪陷了，父親特別關心時局，叫人帶口信到滬，和我約定，以甲乙丙丁等字樣，代表中美英蘇；而代表敵人的一個字，卻是亥字，大概是為害匪淺的意思。我父希望我時時用隱約詞句，報告戰事的推移，和世界大局的動態。父親感傷世事，復憂慮我的處境，加以故鄉淪陷以後，受盡了敵人的氣惱，數年以來鬱結憂傷，於民國三十一年的夏季，便棄我等而長逝了。我們弟兄並不曾能夠見到父親的一面。據家人事後見告，父親在臨終的幾天，嘗嘗慨歎，以不能見到最後勝利為恨，並且閱讀放翁「王師北定中原日，家祭毋忘告乃翁」的詩句，想到父親的逝世情景，真使我終身飲恨。在最後勝利來臨的前夕，我將虔誠地寫一篇祭文，候我回故鄉後，到父親的墓上禱告，我父在天之靈，一定引為快慰的。

廿九年在館中幽閉了六個月，三十年的春天，上海的局勢，一天壞似一天，美國和英國，紛紛勸告僑民撤退，一切都顯得緊張，我們明知美日之戰，絕不能免，個人的行動，只好看情形，再相機應付，其實局勢如何轉變，誰也無法預料，當時個人出走的計劃，根本談不到。

偽「特工」壓迫的程度，視昔為甚，館中的人員，漸漸地少起來，潘公弼先生因事去港，其他重要職員，都紛紛離去，編輯部的重大責任，也推到我們幾個人身上來。艱苦支撐，必須到最後一天，我們既決定不走，自然拋不下這一副重擔。

因過分勞苦或者幽居太久關係，在七月間，我有過一場大病，纏綿床笫，人事不省，復無法出外就醫，痛苦情形，真無可言說。經過一個多月的醫治和調養，方始復原，已在中秋節左右了。在病榻中極端想念父母，虔誠研究宗教，我嘗說，人在最痛苦時，惟有呼父母，呼蒼天，我病中卻有這種情景。我至今還不曾信奉宗教，不過因為和天主教方面太接近的關係，稍微懂得一點天主教的教義，關於怎樣使我自己得救，還需要下極大的功夫。

一年零六個月的「幽禁」，在時間上不能算長，可是也不能說太短，我蟄居斗室中，有時很會自尋樂趣，每當郵船到滬時，我可以看到美國的《生活雜誌》、《觀察雜誌》和《地理雜誌》，我躺在床上細細欣賞，好像到電影院中去看一張簇新的片子。有一天，收到美國寄來的許多新聞照片，當中有一幅是陳光甫先生和美財長摩根索合攝的一影，見光甫先生的近影，如親教益，心裡著實興奮。

我也曾很秘密地離開報館幾次，到現在還記得很清楚，有一回，是參加英國大使館情報處在巨潑萊斯路所開的茶會，在那兒遇到不少中外友人。三十年的春天，阿樂滿先生邀我們到跑馬總會美國商團俱樂部去喫了兩頓飯，從早晨出去，一直到薄暮歸來，遠望跑馬場上綠草如茵，心懷都爽。還有一次，也是應英大使館之邀，在深夜到華懋飯店八層樓去觀電影，看到總裁在陪都演講的一幕。

突然走出去，不說明地點，漢奸們就是得到情報，在三小時以內，也無法對付我們，這是屢試不爽的，然而我總是小心翼翼，不輕易出門。

三十年十二月八日的黎明，敵人進佔了租界，我才離開報館。

第三章 無冕帝王的厄運

從前有人以無冕帝王的尊號送給新聞記者，因為他具有無上權威，可以憑一枝筆發揚正義，抨擊卑劣，同時，他有清高的地位，任何人都肯與他接觸。新聞記者是最神聖的自由職業，簡直和無冕帝王一樣，這一個尊號，我以為並不是各方面畏懼新聞記者的威力，而且重視新聞記者的一種深刻表示。

的確，在民主國家尊重言論自由，新聞記者只要自身不誤解言論自由之意義，能揭發時弊，宣達民意，無論那一方面都要予以尊重的。

然而在廿九年至三十年這一年半間，汪逆精衛和敵人打成一片，竟對上海新聞記者實行大屠殺。在子彈橫飛下工作的記者們，不曾被他屈辱，前仆後繼，義無反顧，那一種成仁取義的精神，在中國新聞史上應得大書特書的。鮮紅的血，不是白流的！我們在重返上海的前夕，棖觸萬分，謹以虔誠的意識，向長眠地下的戰友們表示敬意！

「筆桿不能和槍桿相抗衡」，這是廿九年年底時一個朋友向我說的。然而握著筆桿的記者們，竟能和槍桿抗衡了一年半之久，寧非是一個奇蹟？

一般人傳統觀念，對於上海的新聞記者，總有一點異樣感覺，說上海的新聞記者是「海派」，平時的生活，比較頽廢而又歡喜大言不慚，在知識方面，好像很滿足，不肯再力求上進。這些話我聽得多了，我以在上海報界工作十餘年的經驗來說，以不能否認這許多事實，不過，別人所指稱的「海派」記者，尤其是工作很悠久的許多人，在這一次上海新聞界奮鬥期間內，卻建立了不少功勳，犧牲了若干生命，反而因為大時代的激盪，把各個人的前途竟重新建立起來。

探捕，把會場戒備得異常森嚴。當牧師朗誦讚美詩時，中外友人，莫不隱隱啜泣，每個人心坎中，都充滿著憤恨和報仇的情緒。

張先生成仁後，各報除一致表示哀悼外，並不曾為汪逆所嚇倒，仍主持正義如故，攻擊敵偽如故，揭載中央政情和軍事消息亦如故，不過在館內外的戒備格外加強起來，並勸戒同人不必以生命為兒戲，如無特別事故，寧可靜居館內，為國珍重。

《新聞報》的顧執中先生，在八月十七日的午後二時，也險遭不幸。事情是這樣的，顧先生是《新聞報》的採訪部主任，手創一個民治新聞專科學校，地點在法租界白爾路。他每天中午，必往學校一行，處理要公，飯後再去報館。這天午後，循例出校，正行至白爾路轉角時，對面忽然來了幾個形跡可疑的人，那時顧先生赤手空拳，躲避已經不及，抵抗亦無能為力，霎時間，頭部已經中了彈，顧先生態度鎮定，且奔且呼，偽「特工」亦愛惜性命的，並不敢窮追。

顧先生吉人天相，進了醫院後，以受傷不重，子彈箝出後，不到幾個星期，便霍然痊愈，無心再留戀於上海，便乘輪赴港。這回我到陪都後，曾和他匆匆地晤到一面，仍是精神抖擻地努力苦幹，已經把民治新聞專科學校遷到重慶，這幾年以來，他造就了不少新聞人才，各在崗位上展開廣大的服務，素為大家所讚美的，最近顧先生攜了眷屬，跨越喜馬拉雅山，遠赴印度，主持一張華僑所辦的日報，在海外為祖國宣勞，謹於此處向他祝福！

以上海整個新聞界而論，《大美晚報》的戰友，犧牲得最慘重了。第一個被慘殺的，是朱惺公先生，朱氏的遇難，尚在廿八年的八月三十日。

朱惺公先生原名松廬，以治小品文見長，在逝世以前幾年中，專致力於舊文學，有極大的成就。偽「特工總部」曾於廿八年六月間，對各報編輯記者發出第一封恐嚇信，大意說：「如不改變態度，即缺席判處死刑」，惺公先生於收到此信後，毫不畏怯，於其主編的夜光上給奸偽們一封公開的覆信，這就是上海傳誦一時的〈將被「國法」宣判「死刑」者之自供〉，這一篇文字，大家認為與文天祥的正氣歌有同樣價值。

原文約二千餘字，開頭就說：「概自國軍西撤，孤島四週，久已不聞國法之施行矣。如孤島四週仍有國法者，則又何容小醜跳樑，狐鼠橫行，暗無天日，一至於此耶？在此烏煙瘴氣之地，風雨如晦之期，乃忽有所謂『國法』者頒臨；而此一『國法』，又復為對無辜之人而施者，是其『事』奇，『法』奇，而執行之官無署，油印之函濫投，此種綁票式之『判決書』，則又奇之又奇者矣。」

中段對汪逆大加譏諷，最後精警的句子如：「余之英靈，必將炳彪於雲端之上，而與日月爭光，照遍全中國任何黑暗陰黯之面，而追尋文文山、李若水之魂魄，相與共話亡國時之痛史矣。」又說：「余之頭顱，能得為無情之鎗彈所貫，頭顱乃不得不謂無價，頭顱有價，死何憾乎？」此最後數語，愛護惺公的友人讀了，即惡其不祥，不料最後竟成了他的讖語。

此一文披露以後，偽「特工」對朱惺公先生的「厭惡」，格外加甚，必欲置之死地而後快。在廿八年八月卅日下午四時，朱氏由北河南路家中出外，步行到館工作，剛行至河濱大廈相近，即有暴徒三人從路旁疾趨而前，攔住去路，其中一人袖出手鎗，向其頭部轟擊，當時立即倒地殞命。在殉國諸報人中，朱先生死得最壯烈，最悲慘，而他的身後，也最蕭條。

廿九年九月十九日，《大美晚報》的國際版編輯程振章先生亦遇害。據說，程先生向來住在館中，平時極其謹慎小心，但是他因為家有老母住在法租界的西愛咸斯路的東端近金神父路一帶，程先生事母極孝，每出眾人不意，於不固定時間內，回家去省視老母。他早具戒心，特地脫下長衫，穿了短衣短褲，裝成工人模樣，偷偷地到家理去一趟，其用心總算良苦了。

這天早上十時半，程先生看過母親後，方自家裡走出，路旁早停了一輛汽車，看當時的情形，或許偽「特工」要綁架他到滬西去，但是結果他中了三彈，口部一彈，腹部二彈，倒在地上，傷勢極重，兇手們早乘汽車疾馳而去。廣慈醫院近在咫尺，程先生送入救治，傷勢一天重一天，到第三天的黃昏時候，竟與世長辭。

最悲慘的，是他年逾六旬的老母和一位女友，都哭得昏厥過去，當時在醫院目擊的友人，覺得一室之中，氣象愁慘，不禁悲從中來，淚下如雨，像這樣一個有作為而力盡孝道的好青年，竟死於奸偽之手，真所謂「天道寧足論」了。

還有很多血案，因為在山城中，無上海的報紙可查，無法一一列舉，不過這幾位和我比較很相熟，所以能把當時情形，就記憶所及寫下來。

二、金華亭之死

金華亭先生的成仁，真出於意料之外，我現在執筆寫華亭被害的一幕，頓增無限傷感。他的聲音笑貌，立刻湧現在眼前，因為我和他同事十餘年，朝夕相處，相知最深，誰能料想到在他死後的四年，我於山城夜深人靜時，寫他的生平呢？

要寫的事情太多，千言萬語，應當從何處說起！

廿九年七月，他和我同時住進了報館，兩室相望，笑語頻聞，他天性好動，不拘小節，我們大家聚在一起的時候，有了他加入，頓時便熱鬧起來。

因為工作的需要，他嘗配著自備手槍，匆匆地出去，有時到夜半歸來，有時在黎明回館。我們常聽取他的消息，作為各種參考。這時，他幫助馮有真先生做工作，非常出力，無論局勢如何嚴重，他總是時常走出，毫不畏縮。

有一天，我家裡的人來看我，坐了許久，華亭見了我的子女，都已長大，他頓時感慨萬分，我叩其所以，他說：「我子女幼小，萬一我遭不測，他們將如何生活？」我當時即詢其何以竟作此想，亦未便多所研究，只好亂以他語而罷。

他又嘗作戲言，勸大家不要到娛樂場所，他說：「如果在娛樂的地方，被奸偽所乘，將來做祭文也難於下筆。」

其實，他說這些話，亦不過信口說說而已，當時亦無人加以注意。三十年農曆新年，報館給假數天，大家都不敢回去，仍住在館中過著寂寞的生活。某晚，同事數人，堅欲到我家裡喫便飯一頓，當時無法拒絕，約定以二小時為度，事被華亭所知，他堅決拖住我不放，說這幾天外面風聲非常緊急，如果貿然出去，定有問題。這時我還記憶得清清楚楚，他那一副為我發急的誠懇態度，卻是從內心發出來，我很感激他。後來因為大家已經約定，無法變更，我匆匆歸家，又準時返館，沒有遇到什麼意外。

大概只隔了一星期，時間是二月三日的黎明，華亭自己，真不幸被害了。前一天（二月二日）的下午，他和三個同事，緩步出外，先到某處彈子房裡去打了幾盤彈子，同事們替他在四面張望，並沒有發現什麼。後來興致已盡，這三個同事，準備陪他回到報館，他也默然隨行，不作聲息。豈知行至中途，他忽然返身，說要到一友人家去喫晚飯，並且告知同事，這人很可靠，地方又極秘密，絕無意外，大約十一時必可回來。

這天夜裡，我就沒有看見華亭，一直到工作終了，他尚未歸館，我們也毫不措意，將疲乏的身體，向床上一躺，便呼呼入睡。

此時天氣很冷，尤其深夜黎明，非有急要的事，絕不肯起身，豈知次日清晨六時，我忽被工友叫醒，說法租界捕房×先生有緊要的事情，一定要你自己去聽。

從四層樓奔到三層樓，全身戰慄，這天特別地寒冷。拿起電話筒一聽：

「我是×××，金華亭先生被暗殺了。……」

一個晴天霹靂，使我震驚得發呆，睡意全消，也並不覺得寒冷了。

馬上喚起同伴，叫他們出外刺探消息，我總希望這報告是不確的。

消息傳得真快，不到半小時，外面已有人向我們探詢真相，其實我們也覺茫然。十餘人圍坐在編輯室中，除了面面相覷，慨歎憤恨而外，一句話也沒有，空氣沉寂得很，和平時朝氣洋溢的氛圍一相比較，是兩樣的世界。從七時到了十時，我們的外勤記者才從外面趕回報館，他邊說邊流淚，一副悽惶的神態，使得大家相顧慘然。

「金先生是死了。我最初到盧家灣巡捕房詢問，他們叫我至台拉斯脫的檢驗處去探視。走到那個地方後，被領到一間屋子裡，在一只像五斗櫥的抽屜中，我看到金先生的遺體，全身遍染著血跡，當時我一陣心酸，不禁掉下眼淚來。金先生頭部中兩彈，腹及腰部各中一彈，好像還有鮮血汨汨地流出。……」

稍停後，他又繼續說道：「金先生的衣服，已被他們脫下，所以看了格外難受，好好的一個人，相別不到十幾小時，他竟會被奸偽們害死了。……」他說到這裡，忍不住縱聲大哭，拳頭握得緊緊地，走到隔壁房間去。

我們聽取這一番報告，再向華亭平日工作的座位上一看，一切依然如故，人亡物在，那得不沉慟悲泣呢！

根據捕房的報告，這一天（二月二日）黎明四時，華亭行經愛多亞路大華舞廳隔壁世界汽車行的門首，預備僱一輛汽車回館，但是因為人多，汽車全部出差去了，華亭一個人，在行人道上十分悽涼地徘徊著，希望等候了十幾分鐘，便可有車回來。不料伺伏已久的暴徒多人，四面圍攏來向他襲擊，華亭雖有武器，猝不及防，絕無一秒鐘的餘裕，可以允許他將手槍取出，於是暴徒開了多槍，而華亭身中其四。暴徒們於行兇完畢後，由公共租界馬霍路朝西飛奔而去。在這夜深人靜時，馬路上沒有巡捕，行人稀少，竟讓暴徒們從容逃走，也是無可奈何的事。

接著，各報的新聞記者，紛紛來館，向我們打聽消息，大家一致表示震悼而憤慨，我們乃為華亭寫了一段簡短的新聞，送交各報發表。同時又成立了一個臨時治喪處，替他料理後事，像這樣忙碌了一星期。

中央接到華亭的噩耗後，立刻來電慰唁， 總裁深致悼惜之意。

報界前輩陳布雷先生與華亭素有相知之雅，特撰了一篇紀念文字，非常親切動人，茲錄如次：

噩耗傳來，《申報》記者金華亭先生竟在上海被奸偽狙擊而逝世了。金先生的逝世，是殉職，也是殉國，遠道聞耗，真不勝敬悼之至。論私交，他是十餘年前和我朝夕聚首的良友，論公誼，他是新聞記者為國犧牲的勇士，我以已退伍的新聞記者一員的資格，對金先生的犧牲，更覺得無限的痛惜。

誠如顧執中先生所說，華亭是最剛毅而最幹練也是最堅決的擁護國家利益的一位新聞記者，但華亭態度的和易，待朋友的懇摯，和他對職務的忠誠，更是熟悉他的每一位朋友所永遠紀念著的。他非常天真，非常豪爽，肯幫助朋友，從不計較職務如何繁重，和經濟如何困難，他不論如何繁忙，見到人總是笑容可掬的，誠實的詼諧中間，寄託著真摯的性情，有他在座，緊張而繁難的新聞記者群，就覺得一室生春，看到我們職務中有真正的快樂，但是他毫不隨便，毫不苟且，大義所在，認識得清清楚楚，因此他的判斷很敏銳，他的報導很正確，他矯正了十幾年前新聞記者「有聞必錄」不顧大局的習氣，影響著許多同業，隨著國民革命的進行而進步。

他探訪清息很勤勞，很有耐心，而更有方法。他要訪問一個人的時候，他總有方法使你不能不給他以所要的材料，他能在在閒談之中不知不覺間探詢得真實的材料，或是為他已得的材料作補充，或是為他已經初步探得的消息作證實，他從不發使受訪者窘於回答的問題，他更能忠實於他對受訪者的諾言！譬如你告訴他一段消息，是為了大局，這還沒有到發表的時間，只供你的參考，那他就絕不記載進去，也從不洩漏給別人，來炫耀他的本領——他的心目中，是「國家第一」，是「職務神聖」，個人的表現無所謂，所以他的通信報導，都是真實而扼要，有剪裁也有分量。他在這十多年來是很受人歡迎的一位新聞記者。如他接觸過的人，便是他深夜叩門，也樂於披衣而起的。

他幫助了《申報》，幫助了國民革命，也確曾盡了新聞記者對國家民族的責任，尤其抗戰以來，他的努力猛進，更是當年望平街上老友們的光榮。他現在成仁取義而犧牲了，遙望滬濱，使老友們痛念不置。我相信在莫斯科的邵力子先生——也是華亭最親密的一個朋友——聽到了這個消息，一定也要灑一掬傷悼的熱淚。

華亭之死，是什那緣故呢？事後調查，卻是為了偽「中央儲備銀行」的一張大幅廣告，在第二章中，我已約略提及。當這張廣告送到營業部時，館中立刻予以退回，幾小時後，偽「行」又託人送來，說了許多恫嚇的話，假使不登，定須嚴厲對付。處於這樣緊張局勢之下，

《申報》所採取的方針，是與《新聞報》並行的，無論在新聞方面是如此，廣告的應付，亦復如此，因為兩報取共同步驟，倘發生困難，可以一致對付，這是兩存之道。報館當局的苦心孤詣，不能不予以瞭解的。第二次偽「行」廣告送來時，正和《新聞報》商酌拒絕刊載的辦法，此時華亭得悉此事，便詳細分析必須拒登的理由，他說話的姿態極其憤慨。他說，如果這張廣告能夠刊登，則何事不可登，並且此風一開，奸偽們儘可以花錢購取廣告地位，後患將不堪設想。他所列舉的理由，確具有重大的意義，報館當局不願意接受，至是遂毅然退回了。

最可痛恨的，是偽「特工」所收買的第五縱隊，他們得到這個情報，馬上去報告，把一切拒登的「責任」完全推託在華亭的身上。

華亭遇難的原因在此。

「死者已矣，生者何堪」，華亭夫人的處境，同人一致予以憫惻。孤單單地一個人，領著一群小孩，寄寓在龍華路的小樓一角，此後的生活，真是來日大難，館中按月給予生活費至若干時期，並優予撫卹，馮專員替她向中央請恤，也盡了最大的努力，但是後來因為物價的高漲和幣值的變動，這五、六萬元的存款，已不能在上海立足了。三十一年的季春，她攜著兒女，千辛萬苦，從上海回到華亭的故鄉嚴州去，不幸在中途又遇到金華的戰事，幾經逃難，顛沛流離，涉水攀山，才到了富春江畔的嚴州。

寫至此處，適阮毅成先生自浙江來陪都，參加全國行政會議，據他告訴我關於金夫人的消息，格外使我悲惋，原來金夫人最近奉著她的生母和一個小孩，準備到陪都來。行至松陽，子病母死，進退維谷，到現在還寓居在松陽。當時我切實懇託毅成，即在松陽替她覓一個工作，不必遠來重慶。我想，天無絕人之路，一定會有辦法的，她的命運，或許此後不致於過分悲慘罷！

三、襲擊各報的罪行

《申報》被敵偽投彈四次，又運入一個未曾爆發的定時炸彈，其他各報，當然不能例外，所遭逢的厄運，有幾家比我們更嚴酷悲慘，我現在所要寫的，便是列舉這些罪行。

《大美晚報》的館址，在法租界的愛多亞路，經年停著一輛紅色的鐵甲警備車，有幾個安南巡捕晝夜守護著，凡久住在上海的人，大概不致於健忘罷。此外，在大門對面的人行道上，另由法國駐軍建築了一座鋼骨水泥的堡壘，川常派兵駐守，後門沿著天主堂街，又有一座較小的堡壘，亦有巡捕在內。報館復自行僱了巡捕，在門口巡邏，於這樣警衛森嚴之下，從事編輯工作，在世界新聞史上，也是未之前聞的。

然而偽「特工」用盡心機，還有方法來對付。他們竟會運動《大美晚報》的苦力，兩度將炸彈送入機器房，圖毀壞印刷機，結果是被發覺了，炸彈並沒有爆發，而苦力二人反落了網。這是第一次。

第二回，偽「特工」抱一不做，二不休的態度，作有計劃的襲擊。在二十九年的四月二十七日，天色朦朧之際，發動了歹土七十六號的全體偽「特工」，分乘汽車，駛到天主堂街，先由兩個暴徒，喬裝報販，步入後門，以批購報紙為名，衝入機器房，拋擲了幾個炸彈，同時，在外面接應的歹徒立刻開槍，將駐守在小堡壘中的越捕擊斃，並開放亂槍，以佈疑陣。這時，停留在愛多亞路的鐵甲警備車聞聲，立刻駛轉頭來，和暴徒們決戰，而大堡壘中的兵士，也衝出開槍，雙方展開激戰，槍林彈雨，愛多亞路上，好像戰場一樣，暴徒們見勢不妙，跨上汽車，開足速率，向黃浦灘路朝北開去。一面還從車窗中開槍，法租界的巡捕，這時也很勇猛，持槍追趕，但是歹徒的汽車，已跨越過蘇州河，向敵軍佔領區而去，巡捕無法繼續施行權力，只得廢然而返。這一次，大美機器房的工友，有三人受傷，並死巡捕一人，傷華捕一人，而路人中流彈受傷者，竟有七人之多。

在八月一日清晨，又發生第三次事件，偽方對《大美晚報》不放鬆的程度，於此可見。事情是這樣的，這一日，《大美》門前法駐軍堡壘口忽然發現了暴徒所留置的炸彈，而守在崗位的白俄巡捕，連著機關槍，同時也告失縱了。在機器房裡，復發現了一個未爆發的炸彈，後來查明，那個失蹤的白俄巡捕，原來也被七十六號所收買，這些炸彈的佈置，全是他一個人所做的。

《大晚報》是徐蔚南先生和曾虛白先生一手創辦的，在上海有悠久的歷史和地位，它內容精彩，始終保持著卓然的風格。國軍從上海撤退後，改以英商獨立出版公司發行，對抨擊敵偽的努力，和其他各報一樣，始終沒有鬆弛。

當然，偽方也絕不能放過他們，於是在二十九年的七月二十二日下午七時，偽「特工」派了三十幾個暴徒到愛多亞路長耕里內，從事襲擊，他們的目的，是要把《中美日報》和《大晚報》一齊消滅，這兩次是同在一座大廈內，而《大晚報》的印刷工廠則在二層樓上。暴徒衝入《大晚報》工場後，開槍擊死了兩個工友，即呼嘯而去，所幸已過出版時間，工友不多，否則，被擊害的人，當不止此數了。

《中美日報》於二十七年夏天，開始籌備，到十一月一日正式出版，以美商「羅斯福出版公司」的名義發行，那時的上海，已經局勢全非，發起人吳任滄，駱美中諸先生的毅力，真值得佩服，竟然在艱苦萬難中把這一張報辦得有聲有色，一直到太平洋戰事爆發時為止。

二十八年七月中旬汪逆準備粉墨登場，正在興高彩烈的當兒，《中美》因連載吳稚暉先生和楊公達先生痛斥汪逆的論文，遭了仇視，偽「特工」竟於七月二十二日晚七時，派遣大批暴徒，公然向中美襲擊。偽「特工」一共來了三十幾個人，攜帶各種武器，手槍、盒子砲等，色色齊全，分乘大汽車四輛，由滬西歹土開至愛多亞路長耕里口，暴徒下車後，首先在里內公然持槍放步哨，聲勢洶洶，如臨大敵，一面又派遣數人，監視附近站崗的巡捕，準備妥當以後，暴徒等一擁上樓，向編輯部直衝。可是《中美》的戒備，相當嚴密，在三樓扶梯口，裝了一個木門，派勤務駐守，當暴徒等將要到達門口時，勤務迅速將木門關閉，結果，暴徒一個都不曾入內，轉身下樓，擊死了《大晚報》的兩個工友。

在暴徒行動時，警務處已經得到消息，派到大批武裝巡捕，開槍射擊，暴徒一面還擊，一面登車向虹口及滬西逃逸。在槍林彈雨下，一個咖啡館的外國人中彈殞命了。

《正言報》發行的時期，格外艱苦，這時已經民國二十九年了，如果我們不健忘的話，試一回想，在這個時期以內，上海是否再容許一家新的抗日報紙的產生，何況主持的人又是在上海領導新聞界作抗戰宣傳的主要份子呢？然而吳開先、吳紹澍、馮有真三先生不論周遭是怎樣艱險，他們竟然把這一張報在廿九年九月二十日於上海民眾歡笑聲中公開出版了。吳紹澍先生負了全責，充當社長，網羅了許多新聞界傑出的人材，為主義而奮鬥，相與戮力，始終堅持到底，這張報的光榮歷史，與《中美日報》是並垂不朽的。

現在想想正言報戒備的情景，簡直不是一家報館，是一個作戰的壕溝，大門口全用鋼骨水泥砌成，正中開一扇極其狹小僅能容一人出入的小門，外面還裝一道鐵柵，兩旁高高地有兩個小方洞，流通空氣。如果在重慶看來，必定覺得好笑。進了小門以後，留出一條逼窄的路，也只能容一個人行走，旁邊堆滿了沙袋，經過第二道鐵門，才可以彎彎曲曲地上樓。至於樓上各層的辦公室和宿舍，也各自裝置鐵柵，派人把守。任何職員進內，必須憑貼有照片的出入證，經過搜檢後，方得開鐵門。

奸偽們襲擊了許多報館，但以《正言報》防衛森嚴，無法攻入，只得改變策略，用另外一種方法來應付。

在《正言報》出版的第一天，偽「特工」收買了許多流氓，手持兇器，藏在報館左近，俟報販甫經購報到手，即突然攔路搶劫撕毀。該報聞訊，一方報告工部局請派探捕保護，一方繼續開車印報，以應報販需要，結果竟至整日都在印報，自早七時印到晚間九時，尚未停止，而市間售價，當時索價到一元之鉅。奸偽搶劫的計劃，又告失敗，乃變更方法，於每早發行時，不惜重貲，購取《正言報》，到滬西去燒毀。

此外，還有幾個通訊社的功業，亦不可埋沒，同時亦遭敵偽方面的襲擊。如吳中一先生所創辦的大中通訊社，地址時時遷移，行動絕端秘密，不知道如何也被奸偽所偵知了。三十年四月一日傍晚的時候，偽「特工」發現了大中社在成都路附近，並不費許多力氣，從窗口輕輕地送進一枚手榴彈，當時秦鍾煥君受重傷，卒以醫療無效殉職。

大光通訊社的消息，是專注意工運的，在緊張局勢之下，每夕作忠貞的報道。社長邵虛白先生，是一個敦厚有為的青年，平素待人接物，極誠懇和藹，不知以何種原因，於二十九年七月二十一日也遭了偽方的毒手。這天薄暮，邵先生乘坐人力車，回到福煦路明德里的寓所，就在里中離家不遠的地方，被伺伏已久的暴徒開槍殺害，我至今想來，仍傷悼無已。

其他如資望極深的新聲社，於穩健中寓有堅定的主張，在上海市商會和納稅華人會被偽方強迫「接收」時，他們即發出守正不阿，嚴詞抨擊的稿件。敵人進了租界，新聲社全部財產被封，後來把一切東西，也都搶劫去了。

寫至此處，懷念亡友吳中一先生，良深悲惋！馮有真先生和華亭及中一三人，素為漢奸們所嫉視，已將三人「宣判死刑」，必欲去之而後快。有真及中一小心謹慎，幸免於禍，惟華亭獨取義成仁，這大概亦是命運罷！

中一並未死於敵偽之手，但是後來他因病逝世的情景，凄涼落寞，聞者酸鼻。本來在這觸處有危機的上海，一個手無寸鐵的新聞記者，僅憑著一點機智和工作的技巧，去和手榴彈手槍相抗衡，也是極不容易的事。中一的身體，素不健旺，早年肺部就有了黑點，未屆中年，頭髮已蕭疏起來，而他在最緊張的歲月中，個人工作，迭有變遷，自兼主中大通訊社後，格外操勞。有時，早上聽見不好的信息，便奔往別處雜避一下，或者深夜來了一個電話，叫他暫時避開，無論盛暑嚴寒，總得自床上躍起，去尋一個安全地方小住上一二天。談不到一日三餐，只要有點東西裹腹，已十分滿意了。

如此狼狽不堪的生涯，繼續了好幾年，他的身體，遭了極大的磨折，健康之人，尚不能堪，何況本來十分孱弱呢？

去年十月我們到屯溪後，據李秋生先生提起中一逝世的情形，非常可憐。原來中一自太平洋戰事爆發後，即隱居上海，杜門不出，直到三十一年五月，始由故鄉常州循間道到了屯溪，這時心臟病已經發得很厲害。在將到屯溪之前一日，行經歙縣，於狹窄的街市上，遇到敵機來轟炸，一個爆發的炸彈，去他所俯伏的地方，不過一丈左右，他受驚之餘，病勢加劇，勉強到了屯溪，即病倒床上。

如是纏綿床笫者兩個多月，屯溪沒有好的醫生，大家都勸勉他暫時回鄉療養，一面又通知他的夫人至屯溪陪伴。可是病勢不容許他多候，當李秋生先生自滬到屯，在大源至塲口途中，看見林木深處，有兩個鄉人抬一張竹床，上面躺著一位面色慘白的人，那就是吳中一先生。

秋生匆匆和他談了數語，竟成永訣。中一回到常州後，他的夫人方始趕到，立刻又折回去，可是中一心臟病未愈，又罹傷寒重症，於八月四日逝世。他致死的原由，完全是因公積勞，消息傳到上海後，新聞界友人，莫不痛惜！

四、外國記者橫遭摧殘

敵偽除屠殺中國新聞記者外，對於外國記者，亦不肯放鬆，首遭恫嚇的，是英文《大美晚報》的史帶，高爾德等，他們都接著汪逆的恐嚇信和怪電話，恐怖的陰影，包圍了他們的四週。漢奸們自發表一張八十三名的黑單後，又發表一張西文報紙華人從業員的四人黑單，將袁倫仁列入第一名。另外還有一張所謂「破壞和運」的西人黑單，將史帶，高爾德，伍德海等均一併列入。

因環境惡化，史帶被迫離滬返美，高爾德仍一手拿了筆桿，一手拿了自衛手槍，不避艱險，每天繼續到報館工作。最後，他也終因危險日益加深，同時幾次得到史帶的電報，要他到美國去幫助他在祖國經營一切業務，而於二十九年冬離開上海。

以後的英文《大美晚報》，遂由年輕而勇敢的奧潑爾主持，他的言論，較以前更為激烈，更為徹底，他不顧任何恐嚇威脅。去年我到重慶時，首先來看我的便是他，握手相見，有如同隔世之感！

《密勒氏評論報》的主筆，鮑威爾先生，是中國的老友，多少年來，他主持正義，為中國努力。抗戰以後，格外奮發有為，言論格外犀利。敵偽對於他嫉惡的程度，一天深似一天，竟唆使漢奸們要把他「驅逐出境」，鮑威爾置之不理，偽「特工」竟在四川路廣東路轉角上用手榴彈向他投擲，要傷害其生命了。出入於驚濤駭浪之中，鮑氏幸而無恙，而他的週刊，仍不改態度，堅持到底。

租界被佔後，敵偽抓住了最好的機會，用最卑鄙的手段向他復仇，把他逮捕了，加以苛刑，到美日交換僑民時，他始被釋放回國，已是身受重傷，體重也減輕七十五磅了。據奧潑爾說，鮑威爾現在美國紐約任《遠東人》主筆，聲譽鵲起，我們盼望他早一點來重慶，和我們一齊重返上海。

第四章
我們的奮鬥

在上面三章內，我所敘述，是個人所遭受的威脅和困苦的處境，以及新聞界同志於槍林彈雨中，堅貞不屈，矢志報國的真相。現在我要陳述的，是我們用什麼方法和技巧來應付這個局面，所表現於版面者又是怎樣？這裡，有許多問題很平凡，有若干事實很有興味。總之，在周遭不容許我們發揮自由意志時，我們一定要換個角度，或者以另一姿態來達成任務而又不失每一件新聞的本質。

當然，上海新聞界的能手很多，各就個人的聰明才智來處理一切問題，可是各人的遭遇，在彼時完全一樣的，有時，就不得不共同商酌，採取同一步驟和同一戰線了。

拿我們《申報》來說，數十年來，有一傳統政策，就是「明白」與「公平」四個字，我們的前總主筆陳景韓先生曾寫了幾條關於辦報的信條，我們都奉它為金科玉律，和美國密梭里大學已故新聞學院院長威廉博士所寫的新聞記者公約，看得同樣重要的。

陳先生所寫的信條相當長，茲擷要錄載如下：

前之十年，余對於報紙，惟有一念，時時自思曰，必若何而後人閱我報；後之十年，余對於報紙，另易一念，時時自思曰，必若何而後人閱我報而有益。

記者之職業，不可自視太高，報紙之一方面，固可指導輿論，而又一方面，亦當受輿論之指導，然亦不可自視太卑，一切皆可讓步，惟此意思之自由，斷不能為人收買。

世間原無絕對自由之事，惟同一不自由，毋寧屈於威力，而不可自行販賣。屈於威力，外雖未束縛而心尚自如，若自行販賣，則並一己之意思而亦喪失之矣，斯實可謂世間最不自由之人。

權者，世間之公器，人在其職，不過代為之運用耳，故一旦權在其手，而取以自便其私，則權必不能久有，故報紙上之記載與議論，記者斷不可因權在於其手之故，任以私意侵入其權。

辦報之人，絲毫不可有利用報紙之心，然欲不利用甚不易，最下者，因以攫財弋位，其次者藉以報仇雪憤，固皆報紙之賊，即有高尚之人，矜才使氣，意欲自顯其文章經濟，而不能計及事理者，是亦未能忘情於利用者也。

記者固以言論為職，不能責之以事事實行，然其平日所行之事，必須與其所發之言論，不相違背，然後其言論始有若干價值而能取信於人。

我們經過陳先生的訓練，就照他所定的規律去做人和辦報；而「明白」和「公平」四個字，也是陳先生所指示的。

試問在敵偽橫行的上海，要做到「明白」和「公平」，真談何容易，我們大家不敢自視太卑，都勉力去做了。

一、警務處的檢查

自民國二十六年起，上海報界所朝夕周旋，相與角智鬥法的，是工部局警務處的新聞檢查員，編輯部同人苦心焦思的一切記載，倘若不通過檢查員，他們只須用紅鉛筆畫一個×，則此條紀事，便永遠沉淪海底，不會再與讀者見面。

憑良心說，這般檢查員的能力太差，毫無政治理解，一味奉承外籍警務員，唯命是聽，而把我們重重壓迫，受他們的鞭策，我到現在還有點氣惱。工部局在敵軍佔領上海四郊後，口口聲聲要維護公共租界的中立，說上海是具有國際性的，而其潛在的政策，仍是要綏靖敵寇，以求暫時的苟安。自從許多抗日報紙以英美商名議出版後，當然不受敵人的檢查，工部局就實行其所謂「國際性」統制報紙的任務，把這個大權交給警務處長，（就是上海人所稱的總巡）警務處的下面，又分成若干科，檢查新聞的職責，就由一個科來辦理。

西籍警務員是不識中國字的，又把職務分配到翻譯身上，這般翻譯是真正檢查新聞的工作者，照工部局規定，翻譯的階級是Clerk，等於一個機關的僱員或者領事之流，他們大半出身於華童公學和麥倫書院，英文程度僅僅乎足夠他們的需要，至於中文，則精微之處，並未能瞭然，有時甚至於譯錯，所以我們應付，愈覺困難了。

檢查的範圍，相當廣泛，嚴緊或者放鬆，一視敵寇壓迫的程度為斷。在早期，敵寇們因為畏懼英美的勢力，尚不敢有過份要求，只要報紙上對於敵寇的本身，不十分難堪，就認為滿足，至於我們抨擊漢奸，他們也無法過問。譬如以公共租界西人納稅會來說，敵人於開會前千方百計在虹口大肆咆哮，希望增加董事名額，及至開會時，在滬外僑聯合一致（德國及義大利除外）採用同樣步驟，把預定的人選全數選舉出來，敵人也無可如何。敵僑林雄吉以七十衰齡，一團肝火，持了手槍，奔上台去，把主席團擊傷，鬧成國際間極大的笑話。當時上海的報紙，竭力攻擊，敵人並沒有話說，還要故意做作，將林雄吉定了罪名，押回三島去。

可是慢慢地因時局的推移，工部局一味優容，敵人的態度，一天強硬似一天，竟然向共租界將虹口要了去，劃成「北區」，而各重要捕房的巡長，便逐漸改由敵人擔任了。

雖然，這些事情，已成為上海的陳跡，但當時一切舉措，影響到住在上海的每一個人們。

二十八年汪逆到滬後，認賊作父，替敵人做劊子手，向新聞界開始威脅，二十九年正式大屠殺，敵人當然很高興，暗中幫助，於是艱苦的局面，展開一個新時代。

我們對於總裁的言論文告，不論在任何嚴厲檢查之下，總要想盡方法，做到刊登的目的，因為敵後宣傳的職責，應該使淪陷區同胞能明瞭中樞政策總裁訓示，藉著報紙的傳播，保持民眾與政府的聯繫。而我們的難題與檢查員方面的爭執，亦多由此一問題發生。二十八年五月五日，為革命紀念節，總裁發表為國民精神總動員運動告國民書，文長數千言，其中一部份針對著淪陷區的同胞。各報接獲電訊後，立時緊張起來，我們大家會商的結果，在原則上是必須登載的，毫無保留的餘地。結果，各報憑著本身的機智和技巧，在版面上有很好的表現，但是第二天，便受著工部局的警告。有幾家報紙更因之而被罰停刊了數星期。

二十九年汪逆登台後，新聞檢查的嚴格，視昔為甚，工部局將檢查的方法，稍加變更，是將他們的檢查員，分為兩三小組，由一西人率領，攜一華人充當翻譯，輪流到各報館坐候檢查，如果認為不能登載的消息，他們用電話會商後，再通知其他各報館。事實上西人不過做一個幌子，他根本不識一個中國字，往往於晚間二時後，口含煙斗，攜了一本小說，蹣跚來館，到我們為他佈置一間辦公室內枯坐，有時小說看倦了，便打瞌睡，有時忽然高興，噓噓作聲，吹上幾段口哨，他的兩隻腳通常是擱在桌子上，將椅子向後仰翻，悠悠然表示無所謂。而華人翻譯則坐在他們的對面，將我們的小樣取了去，用紅鉛筆且劃且閱，工作十分緊張，遇到認為有問題時，便譯給他聽，作最後的取決。有時，西人對於較長的消息或文告，他絕對怕負責任，他一定叫翻譯逐字逐句的寫出來，再由他詳細研究，以定取捨，遇到他本人難以作主時，立即向總巡請示。因為這樣的周折，每一條的新聞，竟會躭誤了三四小時，本來我們在黎明時可以就寢，這樣就只得等待到天色大明了，精神上的萎頓，自不待言說，倘若這個緊急消息，能夠通過而與世人見面，那麼，我們的歡欣鼓舞，就可以把睡魔驅逐淨盡。

我們對於中西檢查員，是相當優待的，夏天供給電風扇，冬天生火爐，每夜必備的，有高貴捲煙和一盆乾點，因為希望他們發生一點感情作用，或者會對我們放鬆一點。但是，事實上，這個見解，完全錯誤了，他們以職務關係，也怕受到處分，縱使極小的事件，並不會有過絲毫幫助。

上海的民眾，極端重視，總裁的言論和文告，尤其迫切要知道，總裁的行動，如總裁印度之行，上海人尤其關心。每逢元旦。七七，雙十節或者其他重要紀念節日，我們很熱烈地在電台坐等總裁的文告。收報員手不停揮地抄錄，譯電員分批譯述，我們做新聞記者的人，就在這個時候最愉快，因為總裁的言論，我們已在最先的時間內恭讀了。

在二十九年以後，總裁的言論，於敵寇層層壓迫之下，很不容易發出，我們只得變更方法，將全文要點錄下，寫成新聞格式，可是仍舊用七行大字，排列最顯要的地方，同時，為興奮上海民眾情緒起見，再印上總裁的照片。

有一回，我們在事前想出一個方法，就是於總裁文告發表之第二日，抑或是第三日，就總裁言論中，擷其最精警切要之數大段，作為專稿登載，排列在第二版的左上角，如果不仔細研究，只能當一篇文章讀，好在上海的讀者，苦悶達於極點，平時看報，非常留心，甚至於幾十個字的分類小廣告都會看到，當然讀了這一篇文字，個個都作會心的微笑了。同時，我們又將總裁言論中所指示的某一事件，特別舉出來，在副刊中寫上數段短小精悍的小評論，可愛的讀者們，是瞭解我們的，我們收到許多許多的函件，到現在，我深深地懷念著你們。

上面所舉的方法，只不過試了幾回，以後，就無能為力了。

之後，形勢一天天的險惡，工部局幾無法應付敵寇的壓迫，凡有要求，在暴力下，無不逐步退讓，我們的工作，也加倍困難了。警務處的重要位置，竟騰讓了幾個，由敵人主持，至是，陸續送來更苛細的禁例，譬如「漢奸」、「敵」、「偽」、「逆」、「抗戰」等等字樣，都不准用，中央駐滬大員隨時密切注視事態的發展，一面向英大使館抗爭，一面又以極秘密的方法，通知我們用幾個替代的字樣，以「傀儡」、「寶貝」（Puppet之譯音）和「美士林」來替代「偽」、「逆」、和「漢奸」，以「抵抗」替代「抗戰」，可是用了不久，又遭警務處的禁阻了。此後警務處又來關照，關於軍事消息，如果敵軍被我軍擊敗，只能寫作「華軍大勝」，不准紀述「日軍潰敗」，並且輕輕地將「我軍」二字再改為「華軍」，這是何等痛心的事？總而言之，在這個時期以內，我們時時刻刻感覺到沒有政府保護的苦楚，我們是暫時離開父母的孤兒，我們受盡了欺負和侮辱。「打落門牙和血吞」我們不流淚，內心燃得燒火一般紅，我們的情緒，格外熱烈振奮超來，我們要頂天立地做一個人，我們必須奮鬥到底。

警務處的痛苦，也與日俱深，當翻譯的更不負責，他們有時常常對我們訴苦，剖辨他們處境的困難和敵人無理的壓迫，這些苦哀，我們似不能不寄以同情。許多磨折與艱難也把我們磨練得相當純熟，後來中樞在滬當局想盡方法，再將「抗戰」二字改作「抗建」、「奮戰」，或「亢占」，而「偽」字則以「贋」字及「僭」字來替代。

抗日報紙遭受共同的摧折，共同的困難，我所歷舉的，在大後方的戰友們，都深切體會過，其餘零零碎碎的氣惱，亦不復多所陳述了。

二、我們的內容

《申報》以大報的風格，在上海有七十餘年的歷史，受到無數的讀者愛護，到現在竟被敵偽攫佔了，我在報館工作十餘年，滿腹悲憤，是時時縈繞於懷而不能自己的。不過，我現在可以向國人陳述者，即在這個最艱苦的幾年中，我們和其他各報，步武一致，聯袂並進，我們所遭受的威脅和損害，並不小於任何一家報紙。我們同人，在昨今兩年中，相繼而來者，已經有不少人，而其他主要幹部人員，即以貧困不能自存，無法內遷，多埋名隱姓，棄識家居，不願和敵偽共處，很多同事受生活上的壓迫，甚至每日不能三餐並舉，衣寠食貧，自甘酸苦；還有幾位高齡的前輩，起居食用，幾難和重慶的公教人員可比擬，我執筆至此，萬分悲惋！但是，我得到一個信念，《申報》並未失去靈魂，它始終是純潔的，將來一定有復興光大的一天。

現在，我所要寫的，是在這許多年代中，《申報》的內容，除與各報共同戳力外，我們還有若干材料，足資回憶之處。且述潘公弼先生的評論，潘先生寫作的態度，在第一章裡，已有敘述，故當時所致力的，是宣揚既定國策，加強抗建信念，對敵寇，陰謀，盡情地予以揭發，而抨擊汪逆賣國的勾當和屠殺同胞的暴行，尤其徹底而嚴正。在國際上，則隨時指出敵寇向全世界挑戰的野心，並懇摯地忠告西方各友邦勿為所惑，而闡揚主義擁護領袖，鼓勵同胞及資金的內遷，領導青年走上正確的途徑，更引為中心的任務。當時，潘先生還特約幾個專家，為我們執筆，其中最努力而獲得推重的，有李秋生、費××、馮××諸先生。潘先生文筆的犀利，態度的持重嚴正，素為敵偽所忌憚，每天報紙出版後，警務處特別注意，先將評論一字不漏的譯為英文，送總巡及有關方面誦讀。文字的動人，在於情感豐富；觀點正確和剖析詳明，我們的評論，素為中外人士所一致接受，彼時的《字林西報》，英文《大美晚報》常常譯述登載，而美聯社、路透社在滬的記者。亦常根據《申報》的言論，致電本國，作為上海一般輿論的表示。

我們素來對於版面的處理，極端重視，排列的格式，亦經過再三研究，方始決定，各版主編人，每夜必親至排字房指導一切，務求其醒目動人，而重要新聞的佈置，尤求其平均及調和。

至於編輯新聞，亦有一貫作風，我們總是認為報紙上一切材料，是供給讀者的，並不是給編者讀了一遍，就算了事，所以寫擬題目，必抓住一個中心，引人入勝，而較長的消息，均分為若干段落，各裝小題目，總希望讀者見了發生興趣，不得不從頭至尾，詳閱一遍。

有許多新聞並不一定與事實相符合，編者必須具有豐富的常識，虛心的檢討，然後再下精確的判斷，舉一件比較重要事情來說罷，當英國重開滇緬公路的一天，我們於晚上接到某外國通訊社譯稿，報告數百輛滿載軍器的卡車，向我國國境開駛，情況非常熱烈，但其最後結語，則說在第二天早上，便可直達昆明。當時，我們覺得好笑，試想，這條公路，怎樣可以在一夜之中完畢行程呢？據一般人所知，自昆明到臘戍，總在五六日之間，而臘戍到仰光，也需要若干時候，這不是學問，而是新聞記者應具的常識，我們把原文改了。可是第二天的其他各報，則一字不易，照來稿刊載，我一點沒有惡意的感想，不過這種錯誤，編者應該絕對負責的。

尤其在作戰時期以內，關於我敵對壘的形勢，一條河流，一個小小村莊，編者本人，務須清清楚楚地先弄明白，然後才可以使讀者得到正確的觀念，所以隨時繪製地圖，加以詳細說明，與新聞對照參閱，確屬必需的。《申報》曾經出過兩本精密的地圖，特請丁文江、翁文灝諸先生主編，在編輯時，幫助我個解決不少的困難。又中華郵政大地圖，繪載小地名獨多，篇幅特大，亦有參考的價值。

我們總想為本報搜羅一點關於重要的特稿，內容以輕鬆為主，這個目的，在於把大後方的生活和印象，介紹給上海的讀者，使得他們生嚮往之心。經過再四考慮，我們在香港特約一個夙負聲望的報人，為我們選擇重慶、昆明、桂林及香港各地報紙的特稿，陸續剪下，託郵船直接寄滬。我們擇其可以轉載的，重為繕寫，陸續登出，頗獲讀者的讚許。

有一回我們收到美國的《生活雜誌》，看到該誌發行人羅斯夫婦訪問重慶的記載，寫得極其生動而有趣味，還有許多美麗的攝影。這一期《生活雜誌》的封面，是蔣夫人的照片，大家看了。尤覺歡喜。當夜便把這一篇文字翻譯了，題目為〈山城訪問記〉，我們分登了好幾天，除刊載蔣夫人近影外，還有重慶其他的照片，逐日登出。這一篇特稿，吸引了廣大讀者的同情心。

還有，美國名著作家漢明威先生也訪問過我們的陪都，他寫了一篇文字登載Collier雜誌上，我們也翻譯轉載了。

我們館內有許多同事，對國際問題，有相當研究，經過一度會商，向美國訂購了不少刊物，作有系統的翻譯工作，總名為《歐戰實錄》，把納粹侵歐的事實及圖片，逐日刊登報上。最令我難以忘懷的，是法國政府解體的一幕，政府大員朝夕沉醉在桃色糾紛之中，及至大禍臨頭，始手足無措，這些現象，讀了真使我們警惕。還有，當德軍長驅直入巴黎時，是何等的氣概，而法軍事代表在火車上談判停戰協定時，又是怎樣的悲慘？後來羅邱首次會議的情形，羅斯福第三屆當選連任美國大總統的種種，我們都一一譯載了，讀者們真需要這些國際知識，我們做這個工作，連續了一年半之久，一時報紙的銷路激增，在上海佔了第一位。

所可自慰的，關於此一類似的稿件，警務處始終沒有干涉，敵人似乎也不十分重視，後來我們登載〈美國是民主國家的兵工廠〉一文，同時把美國軍火生產的數字，也逐一翻譯轉載，始引起敵寇的「嫌惡」，由警務處向我們下了一次警告。

真是往事如煙，不堪回首，我們為了配合中樞的國策，為了振奮上海的人心，為了看本報的讀者，也不知費了若干心血，報館當局和上下同事，大家一條心，只要我們有什麼好的建議，無不立刻實行，做事徹底，絕對沒有因循泄沓，喪失新聞時間性的重要信條。

現在且一談上海本埠的記載，讀者也許不會忘懷罷！上海各報的內容，向來是重視本埠新聞的，本埠所佔的地位，會比電訊多了一半，如果拿戰時首都報紙節約，日出一張的辦法，互相比擬，應是我們太浪費了。然而這不是我們浪費，我還嫌浪費得不夠，假使我們把加拿大所定來的白報紙早一點浪費完了，則敵人此時也無法攫佔我們的報館，就是攫佔了，也維持不了這樣久的生命。

三十年這一年中，上海便有點異樣，美英遠見之士，都非常悲觀，紛紛把商業結束，若干較大的公司，如大來、昌興、太古、怡和等等，只辦了半天的公，下午卻吩咐職員回家休息，因為根本沒有工作可做，反而浪費電流，其他影響到各項商業的，是船隻稀少，各百貨公司無法進貨，把僅有的存貨，紛紛藏匿起來，同時也抬高了價格。上海人至是才真正受到戰時物價高壓的痛苦，然而這還是初步呢！苦的日子尚在未來。

接著，美國大使館和英國大使館勸告在滬僑民準備撤退，先走的是一般老弱婦孺，而久居在上海的人，有舒適的家庭，美麗的庭園，誰肯斷然捨去，拋棄原有的業務呢？於是意存觀望的著實不少。後來，英國駐軍，悄悄地離滬了，美國的麥令斯，也作去滬的準備，拆卸營帳，標賣用具，一步步地實現，終於在一個上午，整隊在南京路遊行了一周，直向黃浦灘頭轉乘大輪而去。

於此人心極度慌張之際，我們明知局勢推移到現階段，一切的未來，大致已經決定，不過暴風雨在什麼時候到來，究竟無法預料，惟有勸告上海民眾遵照總裁昭示，以不變制萬變，自己先要鎮定了來，又極力規勸一般有游資的人，切弗從事囤積，理由很簡單，倘使大家無飯可喫，一個人坐在家裡閉門獨享，根本是辦不到的，何況人生生活所需，一時無可躉購完備，即使足夠了，戰事到什麼時候結束亦不知，自己必亦有匱乏的一天。

這些言論，明知是無益的，不過想盡職責，姑作萬一之想而已。

我們的副刊，〈自由談〉和〈春秋〉，在這幾年當中，也在整個編輯方針之下，作了不少的工作。通常有一篇短小精悍的文字，暴露社會的一切罪惡，其他各篇，亦針對敵寇和漢奸的動態。引用別的事實來舉例，盡了譏諷斥責之能。記得是民國三十年的雙十節，我們假副刊的地位，出了一期特刊，執筆的都是有名人士，但是不用自己的真名姓而改用了筆名，內容甚為精彩，每一篇有含蓄不盡的意思和期待。總裁曾於文告中規勉全國同胞要「正視現實」，我們便尋味總裁的意旨，寫了一篇〈正視現實〉的短文。當時為我們寫稿的幾位先生，大半都到了自由祖國了，徐蔚南先生便是其中的一位。

還有幾點，也值得提一提，我們在新聞篇幅中，儘量發揮抗建的意識，但是還恐不夠，又設法搜羅大後方的風景和建設的圖景，配合著有關的消息，同時披露出來，這一點作用，無非要喚起讀者的注意力罷了。除了轉載或翻譯關於大後方的記載外，這時因為上海房租萬分昂貴，我們甚至把重慶市取締房屋租賃條例，也轉載出來，希望上海的房主和二房東們不要泯滅天良，少增加一點租金，我們為貧而無告的人們呼籲。

此外，羅文榦先生逝世的消息傳到上海後，同事嚴服周先生和羅先生有舊，便把羅先生生平的高風亮節，和足以風世的操守，一一寫出來，用作哀悼之詞。總之，我們如果有一點點機會可以抓住，我們都絕不輕易放過。

上海的青年，太苦悶了，有的要內來從軍有的要繼續求學，沉摯的言詞，向我們求助，我們不便在報端公開發表答覆，又恐怕這許多信或者有的是偽「特工」假造的，於審慎考慮之餘，暗中派了得力記者，赴其居住所在，直接或間接調查一下，並經過一度談話，然後再轉託友人報告關係方面，使得這般熱血的青年投向祖國的懷抱。

自愧能力薄弱，格於環境，所能自慰良心兼以報效黨國者，不過這一點點而已。

三、館外幾個戰友

在危疑震憾的局面下，個人的言動，很容易招致飛來橫禍，而交友一道，更值得注意。我們根據許多已發的事實來看，若干忠實同志，以交友不慎，或者平時結怨太多，到這個時候，被出賣而喪失生命的，已經有好幾個人；又或自命不凡，口出大言，以自己如何忠貞愛國，如何與中樞保持接觸，這些，都是取禍之道。古人有言：「禍福無門，惟人自召」，一切不需要的清談，無補實際的空論，非但與工作無益，反而害了自己，有識之士，早已看得清清楚楚，無奈熱情奔放的人，卻無法勸阻他，真是極可悲痛的事。

我們素來只求保住自己的清白，不敢對任何人妄加批評，因為誰都希望做一個好人，在未發覺事實以前，何必先有了成見？即使朋友的行動有可疑之處，我們只須趕緊提防，和他疏遠一點就行了。丁茲亂世，在一無保障的氛圍裡，「明哲保身」，亦是不得已的事。

基於這種信念，我們交友的範圍，便加了幾道防線，在防線以外的人，我們秉「君子愛人以德」的意義，和他們在表面上處得很好，至於共同工作的朋友，更以坦白，純潔和真誠的態度，請他們在一定的界限裡，努力從事。

可是數年以來，真正可共患難，可互商機密的朋友，卻少得可憐，在館內朝夕相處，無話不談的朋友，除已經和我同時內來的嚴服周、戴再士兩先生及其他一二人外，別的朋友以接觸機會較少，就有一點小小距離。至於館外的戰友，僅有四個人矢志同心，推誠相見，甚至於個人的行動，家庭的瑣事，也隨時商酌，互為參考。這四個戰友，首先我應當介紹的是在前年內來的徐蔚南先生。

凡是認識徐蔚南先生的人，莫不愛他健談，多風趣，對待朋友有熱情，當朋友有急難時，他無不竭力相助，把自已的衣物和書籍去變賣了來幫忙人家。三十一年的春天，有一個朋友窮困得可憐，徐先生無可資助，便送他一箱法文的書，叫他自已去尋主顧，倘使這許多書運到重慶來，說不定賣十幾萬塊錢呢！

徐先生過去在中央宣傳部當主任秘書，廿六年隨政府西遷至漢，後來奉命回滬，主持正論社。正論社直接隸屬中央宣傳部，正社長為胡樸安先生，副社長就是徐先生，斯時胡先生已病偏廢，一切便由徐先生負其全責。正論社產生的目的，是中央因為上海形格勢禁，要統一黨報社論的政策，不能由中央直接供給文章，另外設了這一個機構，在中央政治路線策略之下，適應當地環境，就地寫文章供給各報。徐先生秉著這樣重大的使命，回到上海，執筆寫文章的陣容，是龐大而堅強，所網羅者多為文化及教育界知名之士，除胡徐二先生親自寫稿外，經常執筆者，有錢納水、陶檝、吳國雋諸先生，另外有許多人尚不能公開發表。所寫的社論，經常供給各報發表。正論社的組織，非常嚴密，也單純到極點，沒有辦公的地方，也不開會，只是各人在家裡寫文章，送到徐先生家裡集中，再派人送往各報。

徐蔚南先生的為人，是具有機智而又極端有技巧的。他把家裡的陳設，改換得破破爛爛，牆壁污損了，椅子只有三只腳，掛些不相干的舊字畫。他自己終日在家，研究碑帖和古畫，早上寫寫字，還買了許多青田石，篆上了鐘鼎文，刻得一手的好圖章。朋友過訪，無不延見，也無所不談，人家看見他一副落拓不羈的樣子，認為他與世無所爭，不過在上海苦度而已。其實他心中燃著熊熊的火，寫文章的時候，才一點都不肯放鬆呢！敵偽早知道中央在滬有這樣一個機構，但始終沒有方法打聽出真相，所以正論社始終保持完整，一直到三十年十二月八日為止。

正論社的經費，渺小得可憐，徐先生自己完全盡義務在每月領到款項，公開的分給執筆者。因為在上海坐喫了幾年，格外顯得窮困，卅一年內來的旅費，卻是賣家藏字畫和一點舊書，拚拚湊湊，好容易始得成行。在動身的前夕，只有我一個人去和他話別，去年山城相見，倍覺歡欣，大家緊握著手，有幾分鐘說不出話來。

第二位朋友，是在東南最前線——屯溪工作的李秋生先生。李先生經常為《申報》寫社論，有了好幾年的歷史。他為人木訥，不大肯說話，但是寫文章，則條理分明，如抽絲剝繭一樣，令人看了，一口氣非把他讀完不可。李先生容顏清癯，言動極講究軌範，是一位典型學者。去年在屯溪見面時，他仍舊是執筆苦幹，每夜持燈籠，從家裡走十幾里路，到《中央日報》去工作，並非他不肯坐車，是因為經行的地方，都是稻田田岸，根本就沒有路，有一次冬天下了一場大雪，把他往昔所走的路，都封沒了，他迷失於雪白的荒野間，摸索了二小時之久，才到達報館。屯溪工作同志的生活，清苦到萬分，每天只喫一點素菜，住著卑小潮濕，不通光線的房舍，個個有營養不良的現象。

第三位和第四位的館外戰友，還在困頓中苦鬥，挨著難以忍受的遭遇，只好留待將來再向讀者介紹了。

這四位館外戰友，都和我們以文字因緣而發生聯繫，他們素不出面，筆名也逐篇更換，如果精確計算起來，每個人所寫的文章，恐怕總在十餘萬言吧。

四、珍珠港事變前夜

到現在大家或許會知道敵人和美國迭次談判，是一個煙幕，三十年十一月間，來棲赴美，繼續會商，美日邦交，不絕如縷，我們鑒於本身未來的危險，時時想要尋求一個適當的決定，可是這時，馮有真先生乘上海最後一輪到香港去了。當然馮先生所帶去的重大使命，除了上海新聞界同人親筆簽名向總裁致敬的一封書外，就是要商酌如何撤退在滬戰友的辦法，然而時局倏忽萬變，一切都成畫餅了。

有一晚，我實在焦慮極了，便和嚴服周先生約李秋生先生來館，問問他們有什麼主張，可是三人會商之下，一籌莫展，最後仍是無結果而散。

十二月八日的黎明四時，我與服周正登榻就寢之際，忽聽見隆隆的砲聲，同時天空有飛機的聲音，心知有異，但是也不敢斷定敵人和美國正式開戰，打電話向警務處探聽消息，也不得要領，而各方向我們刺取消息的，電話的鈴聲，片刻不停，使我們尤窮於應付。廣濶不過盈丈的臥室中，擠滿了同事和工友。甬道中更是人頭擠擠，弄得幾乎發昏了，也無法為自己打算。等到七點鐘，天色微明，派了一個外勤記者，到外面看看動靜，不到半小時他便回來說：

「不好了，敵人的隊伍，正向黃浦灘路移動，重要馬路的交叉點，他們多已放出步哨了。」

第五章
敵人佔了租界以後

在極度惶惑不安的氛圍中，已到了早晨十點鐘。報館當局特邀我去談話，他說：「外面風聲極緊，……」真的，他只說了一句話，突然間，工友闖了進來。

「×先生，敵人的武裝隊伍，已把我們報館全部包圍，連扶梯下面都放了步哨，他們要和你談話，請你趕快下去罷……！」

我當時木然，在這千鈞一髮的當兒，我真有被「捕」的可能，第一：我是被漢奸們「通緝」的，萬一偽「特工」和敵人同來，絕無倖免，但事已至此，亦只好硬著頭皮，一語不發，立刻退出。到了自己的臥室取了幾個錢，帶在身上，不能留存的文件，全都燒燬，時間極其倉卒，只有數分鐘的餘裕，已佈置妥當，至於衣物等等，則認為是身外之物，只好置之不理了。我還記得，這時中央正在召開全國內政會議，我已經寫好了一篇評論，也付諸無情之火。

出了臥室，我心裡忖度，只有兩條路，一是等候被「捕」，一則是暫時躲避一下。當我漫無目的地從四樓走到三樓時，在扶梯畔遇到我們的一個事務職員。

「趙先生，我看你還是早一點打主意罷！」

他這句話，完全是善意，可是他沒有一點辦法給我，反而使我惶惑起來。走進編輯室，十幾個同事面面相覷，一語不發，也是進退兩難，聽候命運的主宰。

一、驚悸的一剎那

我心裡想，絕對不要恐懼，恐懼是無益的，頓時態度鎮靜下來。據工友報告，下面敵兵非常之多，現在只准出去，不准進來，我馬上決定辦法，趁這個機會走出去，也不通知任何人，於是便從三樓走到二樓，聽見敵兵皮鞋的聲音，走到二樓扶梯畔，正和敵兵打個照面，猙獰的面孔，手裡持著「封條」，原來是「封閉」我們的機器房的。就是這樣慢慢地走下樓，在往昔巡捕搜檢來客的地方，有兩個敵兵用步槍上了刺刀，交叉著站立在兩旁，我便從刺刀下走過。大門口也是這樣，不過在大門口的兩個敵兵，長得一臉橫肉，面部非常難看，好像殺氣騰騰似的，我又低下頭，剛要從交叉的刺刀下走過，有一個敵兵忽然咆哮了一聲，於此一剎那間，我卻有一點驚悸。可是他在我身上摸一摸，也不知道什麼意思，或許要檢查我身畔有沒有武器罷！

在館裡，我已看得清清楚楚，並沒有偽「特工」發現，不過一出了大門，難免不有汽車和暴徒等候著。我硬著頭皮走到街上，裝出若無其事的樣子，向四面一看，則館外四周，有很多敵兵，持著武器在交通要道把守著，路上有幾個閒人站立旁邊看動靜，可是大家都沒有聲響，簡直是長街如「死市」了。

我沿著望平街一直往南，走到四馬路，沒有看到可疑的人，越走越遠，路人也並不注意我。這時，我好像酒醉初醒，神智清楚，反而有點茫茫然，問了自己，我預備走到什麼地方去呢？家裡是絕對不能去了。折轉身來，又從四馬路向東，走入河南路往北到南京路。路上極其擁擠，商店都關門了，只見無其數的卡車，裝著敵兵，一直往西開去。我毫無意識地走進了五芳齋，吃了一盆點心，先定一定神。當時認為最急要的，是把自己安頓到一個什麼地方去，可是在這個時候，我好像是一個炸彈，十分危險，誰願意收留我呢？走到幾個院落深奧的朋友家裡，約略表示一些意思，他們只請我吃了一杯咖啡，幾件點心，一絲一毫不願意留我住下。

在無可如何之際，真覺得萬分悲慘，只得跑到銀行裡去，多取了幾個錢，同時又打了一個電話，報告我的妻子，說我已安全脫險，一無問題，叫家裡不要掛念，但是這幾日行蹤無定，只好隨時通電話罷！出銀行後，又走到一個朋友的地方，他管理一家大公寓，或許能夠租到一間小室，暫時住下。

真令我氣惱，他正在整理書籍，看看其中有無抗日的東西，湊巧得很，我所寫的一本《中國近代之報業》，也在這一大堆書中發現，他當面問我有無問題，我有點憤慨，一語不發，可是我還要請求他幫忙，又把火氣按捺下去，婉轉地說了來意。

「房子！……房子……沒有沒有」他遲疑了好久，而最後的「沒有」兩個字，說得格外響亮堅決。

我不敢確定他是有房子，但是他縱有餘屋，也絕不租給我，已經很顯然了。半日之間，人情冷暖，等於受了十年教訓。然而在寫這本書時，我已心平氣和，我絕不怨恨任何人，誰願意冒險收留「危險份子」來害自己呢？

愛護我的人，就在眼前，不過我沒有想得到罷了！這夜，我被歡迎到一個朋友家裡。這個朋友，在我去年內來時，已先我而到達桂林了，不過我現在還不能把他的姓名寫出來。他和他的太太特為我備了豐盛的晚餐，都是臨時自己辦的。他們勸我不要惶恐，為我改了名姓。我又打電話去邀了和我處境相同的一位同事，住在他家裡。

這一夜安然度過了，第二天，濛濛細雨，我想長住在這裡，究竟不是辦法，我應得和關係方面設法取得接觸，於是乎和這位同事冒雨走到法租界，先在霞飛路偉達飯店開了一間房間，又把嚴服周先生邀來了，共商辦法，枯坐了半日，一切計劃，仍是無法進行。

偉達飯店這時所住的人，十分複雜，講話固然不便，打電話尤多危險，看形勢也無法久留了。在薄暮，立在露台上向外面看，街旁的梧桐樹葉，是凋零淨盡了，路燈開始放光，對面小咖啡館中送出悠揚的音樂，是薄暮品茗時候的開始。我於萬分惆悵之餘，格外憤恨敵寇的舉動。把兩扇門用力關上了，我倒在椅子上昏然睡去。

等到嚴先生等從外面歸來，把我推醒，已是夜間八、九時了。他們告訴我許多嚴重消息，說敵寇已開始大舉「捕」人，而偽「特工」方面則事先得到汪逆的告誡，在敵寇進佔租界時，停止一切「活動」，至是我才恍然！

次日從偉達飯店搬走，在離我家很近的一個朋友家裡睡了一夜地板，又受到他們夫婦二人熱忱的款待，惟在患難時，始能交著朋友，此後，承他的幫助，解除了不少困難。這兩個收容我的朋友，使我終身不能忘記。

第四天，在亞爾培路一條僻靜的支路上，找到一家小公寓，花了可觀的代價，我們幾個人便住進去，都改換了名姓。在這裡，一共住了一個月，行動絕對小心，尤其是我，不敢輕易外出，所有與外界接觸，只好由嚴先生等任其勞苦了。

二、奔馳了半夜

好容易輾轉託人，才尋覓到一位可以向關係方面傳話的先生，他約定我在次日夜裡十時左右到滬西某某地方去談話，尤其指定必須我自己去。這一天，忽然飄雪了，一片銀白世界，花攤上已陳列著象牙紅，顯示著耶誕節就要到來。下了一天雪，到薄暮忽然雪霽了，可是天氣十分寒冷，上海的氣候，在未降雪之前，相當和暖，及至雪霽，則奇寒徹骨。我為了自己的前途，我不得不冒著寒氣向滬西進發，至霞飛路時，電車早已停駛（敵人進租界後，法租界電車，至九時半進廠。）而人力車則不肯前去，我把大衣領裏往了頭，雙手插入衣袋裡，邁開大步，直向滬西進發。

一路踏著雪跡，半個人影都不見，凄清得萬分，偶爾從富人別墅的窗子中，露出一絲燈光，可以望見極厚的窗簾和壁間熊熊的爐火。我當時對於一切都很冷淡，倒沒有發生什麼感慨，因為路已走得相當多，週身和暖起來。不過轉了一個彎，地方格外冷僻，電燈顯得稀少，而路旁的大樹和濃密的冬青樹，黑簇簇地隨著風勢顫動，倒使我有點懍然，深恐在此地跳出一條好漢，把我的大衣剝去，然而並不如此。

尋到某先生居住的公寓，大約已是十一時，我走得相當熱，周身和暖，不知到了這裡，因為水汀管子的熱度極高，竟使我臉上流下汗來。

話了契闊後，我把這幾天情形，約略向他說明，其實他所知道的比我更多；更詳盡，他說本來在敵人進租界的前夜，他就得到消息，預備用電話告訴我，但是他怕驚動了許多人，或者會影響到報紙的出版，所以也就作罷了。

談話轉入正題以後，我說：「馮有真先生已經赴港，一切可以商酌的人，已無法尋覓，但是今後個人的行動，真值得考慮。我們幾個人，暫時躲避在小公寓中，我不是中央的在滬工作人員，亦不是黨報的從業者，但是，在這緊急時期，必須取得聯繫，我們希望得到一點正確指示和其他必需知道的事情。」

某先生萬分同情我這些話，請我吸了一枝三五牌的捲煙，他說：「我今晚就轉告關係方面，像你們艱苦了好幾年，大家都是為了國家，不用說，這是我們的責任，應得替你們趕快設法。」

我此時真想離開上海，到重慶或者到浙江去，不過某先生的意思，在這一個月內，絕不能走，因為車站檢查得很嚴，如果被敵人發覺了，反為不美，還是暫時躲避一下的好。

臨別時，送我到電梯口，他忽然記起一件事，又叫我再返客廳小坐，在公事皮包中取出一張今天早上從香港拍來的電報，是關係方面託他轉交我們的。在香港的消息，相當敏捷，他們已經曉得敵人有意叫《新聞報》和《申報》復刊，叫我們幾個人設法阻止。其實自我們暫時躲避後，報館消息，已有好幾天無法聞知，我當時有一些詫異，還再三說明絕無其事，豈知後來這消息證實了。

某先生託我把電報帶走，我因為沒有方法可以轉送各人，只得婉謝了，不過我當時替他抄了幾份，請他派人直接送出。

這些瑣碎的事情，在我腦子裡留下不可磨滅的印象。

出了大門以後，一陣寒風，撲面吹來，我打了一個寒噤。當然路上沒有一輛車子，也沒有一個人，在黯淡的路燈下，努力踏上歸程，好不容易才走到霞飛路，這裡的路燈，多而且亮，雖周遭不減其淒苦，但是精神能夠振作起來。回到公寓，已是夜午一時，嚴服周先生等正在期待我的消息。

我們又有一度會商，籌措怎樣安排家屬，怎樣取道杭州內來，第一是經濟問題，預定於二年以後重返上海，按照各人家中每月支出的數額，做了一張預算表。此時上海生活的程度已逐漸高漲，但在當時，誰也預料不到上海會有無法維持生活的一天。儘量推誠協商，儘量想著未來，大家熱烈地期待著，談得神昏意倦，一直到了黎明。

三、客邸中無限淒涼

小公寓中相當清潔，樓下也有餐廳，我們沒有力量去吃大菜，每天叫家中燒一點白飯和小菜送來，早上通例是吃俄國黑麵包，冲幾杯罐頭牛奶，雖然苦悶，但不能說是不舒服。

消息是完全隔斷了，報館中天天打聽我們居住的所在，可是竟沒有一個人知道，當然到我家裡去探詢，家人絕對諉稱不知道的。後來館中當局寫了一封很懇摯的信，希望和我一談，僅僅乎談一回話，根本沒有別的意思，說得委婉而動人，我聽了相當難受。但在同時，館中被敵人威脅準備在有條件下復刊的消息，已不絕如縷。

我們只期待關係當局的指示，沒有其他一點的意思，等著等著，我們的老友王晉琦先生和我們會面了。我們初見他時，真歡喜得異乎尋常，把一星期來所遭受的種種，彼此互相訴說一番，他對我們暫時躲藏一下，極端同情。他說：「自從馮有真先生離滬以後，事態的發展，固然不出於預料，但絕對沒有想到轉變得這樣快。中央在滬當局，始終沒有對大家忘懷，尤其是你們幾位。自從某先生轉達你的意思後，正在準備辦法，不過，從各報館退出的人相當的多，一切需要通盤籌劃，無論如何，請你們多等待幾天，定有適當的辦法。至於要結伴內行的話，此時尚不相宜，最好再忍耐一個時期。」

我們很明瞭在滬中央人員的處境，晉琦所說的話，絕不是官樣文章，一點敷衍的意思都沒有。在這幾天中，有若干其他報館工作的同志，自從離開報館後，身畔沒有餘錢，連三餐都發生題，卻是可憐得很，倘使和我們處境相較，真有霄壤之隔了。

幾天之中，在兩租界被「捕」的青年，不下數百人，都被「押解」到海寧路的敵軍司令部去了，嚴刑拷打，體無完膚，等到能夠出來以後，已不成人形，大都成為殘廢。還有許多人，被敵人「帶」了去以後，始終無影無蹤，不明下落，據大家推測，定遭殺害無疑。

不斷的惡劣消息，天天從間接方面傳來，我們只得終日枯坐在公寓裡，不敢走出去一步。可是大家枯守一室，很容易引起人家注意，只得叫一個人假裝不適，嫌家庭煩囂，暫假此地休養，我們是來陪伴他的。其實事後想想，我們有點神經過敏，應付一切，太覺顧慮了。

公寓一切平靜，加緊佈置花草，以為耶誕和新年的點綴，並且在每一個房間裡陳列著一盆象牙紅，還送了不少玩具，我們實在無心作樂，轉覺觸景生情，牽惹出多少感傷的情緒！

由於館方不斷的催促，我只得約定在某一個早晨，去和他們晤面，談話的經過，是這樣的：

十二月八日，敵人來到報館後，由一個中尉階級的敵軍官，雙手持了手槍，向經理直指，後面還跟隨了幾個敵兵，聲勢洶洶地，要叫他交出全館的帳冊和職工名冊，經理處於威脅之下，雖然並不畏懼，但是也沒有反抗的餘地，於是將這些重要的簿冊，給敵人攫取了。接著，又把機器房，排字房，編輯室等處，加以「封閉」，並且要經理負完全責任，一個職工都不許離開上海，倘是擅自出走了，就要到各人家裡去查抄，這是第一天的情景。

第二天，敵人方面，派了幾個高級的軍官來館，態度緩和得多，對昨天種種行動，當面表示道歉，希望維護「國際性」的公共租界，大家出點力，同時更列舉「寧方」過去壓迫報館的不當。我們的經理，也不知道他真意所在，就這樣談上了半天。敵人全是中國通，講得一口的北平話。下午，工部局警務處的敵人巡長，約了一個和館中素來相識的所謂「海派文學家」來館，直截了當的向經理提出了復刊的問題。他極力指出敵人和寧偽方面有許多磨擦，這次「佔」了租界，絕不容許寧偽染指，照樣維持工部局，把上海公共租界比從前要辦得格外安靜，並且樊克令仍然是工部局的總董。但是鑒於上海人心不安，如果《申報》和《新聞報》能夠復刊，則四百萬的上海居民立時便會鎮定。至於一切條件，儘可商酌，絕不使報館困難，而且可以給予「更大的自由。」

後來敵人便直接派了上回來過的所謂中國通，和館方進行「談判」，要我們與《新聞報》同時復刊，敵方所提出的：

一、繼續刊載中央一切政情。

二、對寧偽的消息及廣告，一律拒登。

三、全館員工，一個不得脫離。

四、繼續由工部局警務處執行檢查職務。

條件共約八九款，其餘的，一時也記不清楚了。不過敵人最重要的一個要求，是復刊後不得再有抗日思想。敵人與《新聞報》所談判的，和我們一樣，不過他們是否由「海派文學家」從事拉攏，我也不得而知了。

以上大概情形，是報館當局親口對我講的，他們堅決勸我即日返館，從事復刊的工作。我當場堅決拒絕，我認為敵人的條件，是外表加了一層糖衣的毒藥，等到吞下肚去已不可收拾。並且敵人卑躬屈節的姿態，是一貫作風，如果上了圈套，將來繩子越拉越緊，必至不得脫身。

我的理由，是在館幽居了一年六個月，受盡千辛萬苦，於黨國方面，雖無一點功績，但問心無媿，僅求自安，至於為了報館，我的悲苦，是眾人所共見，現在是該退休的時候了，我要離開上海。

館中當局堅決表示挽留，並且再三聲明，効忠黨國，是人人應有的職責，我們誰也不願意做漢奸，以往的事實俱在，為大眾所共見，現在事已至此，你就是要走，也相當困難，似乎應該再替報館出點力。另外，據他個人的觀察，敵人和美國正式作戰，結束也不過是半年的事，縱使困苦到萬分，幾個月後，總是要天亮的。

在這樣一個艱難的局面下，他所說的話，卻是針對現實，與上海一般人的見解吻合。然而我毅然決然，絲毫沒有說服的餘地。當時回到法租界的公寓，把這許多話告訴了等待我的同伴。他們也一致對我表示支持，相約不再回館去了。

我們唯一的希望，在於王晉琦先生的確切答覆。後來，他又到我們公寓裡來過好幾回，但是，中樞在滬當局的本身處境，也一天天的困難起來，他們幾個交通線，都被敵人「查抄」過了，有許多同志，於「查抄」時被捕。我們又把館中與敵人談判的「條件」，很具體的告訴他，請他轉達當局，這一晚，接到他一個電話，他說：「你們老闆請吃飯，可以不必去，因為明天還要另有應酬」。說完後就寂無聲息，而此後晉琦的蹤跡，亦復杳然。數日後，我們方才得悉晉琦所住的地方，亦被敵人「抄」過，他的助手，也進了虹口魔窟。晉琦本身既不能自由，他在上海，便無法立足，和我們通電話後，他便整理一切，飄然而去了。去年十月，方在屯溪遇見他，面孔格外瘦削，好像是兩個人，他還站在東南最前線的崗位上，為國家出力。

許多曲折的事實，許多不能解決的困難，一齊都呈現在眼前。我們客邸枯守，一籌莫展，誰也不能稍存一點怨望，大家為了國家。最後我們少數幾個人自己下一決定，我們不妨暫時各回家鄉，住上一、二個月再說，倘使上海局勢能夠平靜一點，我們再作計較。然而這個決定，是白費的，我們無法取到敵人的通行證，車站上盤問得又很利害，因是磋商了好幾天。

我們進既不能，退又不可，心裡苦悶達於極點，此時的處境，殆為畢生所未經。我們既未能獲得關係方面正確的指示，又無法探悉中央的意旨，更難以和利害相同的朋友商酌，內心潛在的痛苦，只有三四個人同病相憐，自慚見識淺漏，未曾早為準備，致有今日的狼狽。

四、一切出於意外

館中又輾轉和我商酌，並不一定要我犧牲，但希望我就原有同事中薦賢自代，勉渡一個時期，再作計較，但我自己既堅決求去，又何必嫁禍他人，我自然不願意多發表意見，後來還是大家一致，推舉一位高齡的先生出而維持，我滿心歡喜，以為可以暫告退休，徐圖脫身之道了。孰意《申報》和《新聞報》同時出版後，大體上還差不多，但是館方期望在版面上最好再有一點進步，一星期後，又挽人要我復職，仍然被我拒絕。如是者至再至三。

我最後所述，都是經過的事實，絲毫不苟，亦無半點顛倒是非之處，我問心無媿，有許多已經內來的朋友都很瞭然的。

此時的心裡，可分析如下：一、我既然暫時無法離開上海，是否還有其他方法，為黨國効勞？二、有許多同志，在敵後工作，甚至於和敵偽接觸，希望刺取一點情報，我是否可以這樣做？三、如果換一種方式，間接打擊敵人，直接保持上海民眾間的正氣，是否可以收效？

經過了一夜籌思，我有了答覆，我認為一、二兩點是應該的，至於第三點，則要以工作的技巧來答覆。於是我向館方請求幾點：一、我不居任何名義，二、我對外一概不接觸，三、如果敵方違反了自己提供的「諾言」——就是前面所說的「條件」，我隨時得請求退出，館方一一應允。因此，我也得在敵人的惡勢力還沒有完全顧及控制新聞界的當兒；在更艱苦的狀態下，展開工作。

一切出於意外，我們照樣登載中央的消息，漢奸們送來的稿件，全部棄之字簍，警務處檢查的標準，和從前沒有異樣。我還記得，這時的中宣部長王世杰先生和外交部次長傅秉常先生時有招待外籍記者的例會，我們用了大號字，照常刊登，好像比以前還要有精神一點。

此時上海的幾家外國通訊社若路透、塔斯、哈瓦斯，等還照常發稿。路透也是因為敵人壓迫繼續發英文稿，但不久又被敵人關照停止。最可怪的，是蘇聯塔斯社的新聞稿，我們只登了二三個星期，敵人忽然通知警務處叫我們不要用，但是始終不曾「強迫」塔斯社停發，於是我們每天都看到塔斯社的新聞，而塔斯社反以各報不予採用為可怪，此中奧妙，是敵人的一貫作風。哈瓦斯的消息在此時亦最有精彩，可惜為時極短促，納粹的海通社消息最令人討厭，僅留作參考而已。

我想，除了新聞以外，我們應該在別的方面，譬如說特稿和專輯等；再下一點功夫，或許會使讀者多得到一點刺激，但是這些稿件，必須配合時代，更須與國策遙相策應。這時總裁訪印不久，繼之而去者，為克利浦斯。印度問題引起全世界的注意。我們便首先蒐集資料，編成一個「印度專輯」，關於印度的民族、宗教、文化，重要城邑等，都有極詳盡的介紹。本來，我國人士所知道的印度，太淺漏了，一般心目中，只知道有甘地、泰戈爾、尼赫魯幾個人，豈知印度是個泱泱大國，文化的悠久，民族的繁演，都值我們一提的。這一個專輯，一共有十幾篇文章，由徐蔚南先生等執筆，大約登了一個多月，方才登完。每一篇中均插入印度的各種照片。

因為印度專輯的成功，我們便準備第二回的稿件。此時，自由法國的吉羅德和戴高樂合流，整個法國的西非，投入盟國的懷抱。我們知道盟國將有大舉於非洲，於是趕緊編了一個「非洲特輯」，就從法屬西非的阿爾及利亞說起，特別說明比塞大港的重要，我們認為劇烈的戰事必將於此處展開，其後果未出於預料。法屬西非登完後，接著是里比亞，埃及，英埃蘇丹，比屬剛果，英國的南非聯邦，以及黑人自由國的利比里亞，均在這一個特輯以內，好在我們所藏的美國地理雜誌，不下數百冊之多，一切需要的資料和圖片，不難一索即得。我們在表面上是紹介些風土人情，但是在每一篇的文章裡，會心的人卻可以尋出我們的作用。換一句話說，我們最大的目的，是說明了盟軍驅逐非洲軸心勢力後，將肅清地中海，可以無後顧之憂，直指著歐洲大陸。這許多稿件的內容，相當精彩，在空氣窒塞的上海，未始不足以調劑讀者的沉悶。

第三個特輯，是「近東特輯」，以土耳其為中心，同時敘述了伊朗，敘利亞，伊拉克和沙特阿拉伯。我們認定土耳其必可與盟國合作，在文字裡特別強調凱末爾復興土國的偉績。此外，關於蘇聯方面，亦寫過幾篇特稿，如烏克蘭的穀倉，聶伯河上，巴庫的油田等等。

敵人對於這些稿件，並不十分重視，而我們則竊喜已經發生了作用。本來我國抗戰，已經與世界大戰成了不可分割的一體，我國的戰場，是一體中的一個部份，同盟國家在戰事上得到勝利，我們當然十分欣慰，同樣的，我們擊潰了敵人，盟國方面也表示異常慶幸。我們要把整個的戰爭形勢，分析得清清楚楚，希望上海的同胞們不要為敵偽宣傳所蒙蔽，不要戴近視眼，要看看國際形勢的全貌，才明瞭大戰的結局，——我們和同盟國家一定獲得最後的勝利。

最憤慨的，是敵人禁止我們稱總裁為委員長而擅改為將軍和上將，處在這樣情勢下，又和以前不同，我們無力抗爭，飲恨在心，好在讀者方面，定能原諒我們的苦衷的，有一回，我們做一個題目，稱總裁為委座，結果竟照樣登出來。

像這樣鈎心鬥角，小心翼翼地去幹，無非希望傳佈中樞的政聞，稍慰同胞的飢渴，使大家在心理上與自由祖國始終聯繫在一起。在這個時期內，我們自承為「俘虜」，我們沒有獲得任何方面的指示，也不知道中央對於上海新聞記者撤退的問題，若何處理，一切消息是完全隔斷了。我們僅憑個人暗中去摸索，應付了一切。

前面已經說過，敵人要我們復刊，是給我們吞下有糖衣的毒藥，照這種方法去登載新聞，絕對不能永久維持的，依我們自己和朋友的估計，最多只能維持了六、七個月，等到公共租界秩序恢復了所謂「正常狀態」，敵人將進行等二個步驟。

照敵人陸海軍部隊的佈置，望平街一帶是屬於海軍「範圍」，報館也須海軍「管理」，但是由於陸軍方面的要求，報館為文化事業，讓他們「代管」一年，所有一切應付我們狡毒的方法，都由敵陸軍報道部長秋山主持。因為我們版面的表現如此，引起敵海軍方面的不滿，迭次和陸軍交涉，認為我們始終是抗日報紙，他們不能「容忍」，於是《申報》與《新聞報》同時被「封」了幾天，而《申報》還多「封」了一天。

後來秋山被調走了，來了一個橫山，形勢日非，大非昔比，所有一切與報館所談的「辦法」，被完全推翻了。再苦捱了一、二個月，到卅一年十二月八日，《申報》竟遭敵人完全「接管」，我們用盡了方法，才得脫離。

在三十一年中，我們好像做了一個夢，一切出於意外。這十一個多月，自春而夏而秋而冬，也不知道如何度過，所可自慰的，我重返報館之初，曾經疑想了三個問題，上面已經說過，現在我脫離了崗位，替自己清算一下，我怎樣解答呢？去年，我過屯溪時，王晉琦先生送了我一本《從奮鬥到勝利》的紀念集，這本書是為安徽《中央日報》創刊一週年而印行的，其中有一篇〈四年間上海新聞界奮鬥經過〉的特輯，有提及《申報》幾句話，現在抄在下面：

「……其時一部份編輯人員因自身已在網羅之中，無法擺脫，乃不得已而求其次，作有條件的復刊，在最初一時期內，還能力求保持『中立』態度，消息多採用法國哈瓦斯電訊，對於我中央方面消息，也儘可能的加以刊載，以慰市民飢渴，那一奮鬥，固屬徒勞，但是那些工作者的苦心，卻是不容泯滅的。……」

這十一月餘的時間內，敵人送來不少的請柬，什麼大使館，什麼武官府，還有什麼會等等，東也一個茶會，西也一個聚餐，當這些「柬帖」擺在我們案頭時，就覺得討厭，一概送入字紙簍。

如果任何一個人和敵人有了往來，那就是自投羅網，敵人會自動地到你家裡來，和你談親善，和你酬酢，從此真受累無窮，並且敵人的花樣很多，也許和你朝夕見面的人，就是特務機關的一份子，天天在窺探你的行動呢！

最妙的，有一回，敵人寫一封信給我，要檢舉我的思想，約我到國際飯店去談話，其實，他們已經調查得清清楚楚的，又何必多此一舉呢？結果是置之不理，並沒有發生什麼事情。

一時想不了許多，寫也寫不盡，十一個多月的「俘虜」生涯，至是又告一段落。

在我們重進報館後二個月，其他各報的戰友，相率內來，重新肩起偉大的使命。當每一批同志經行上饒時，《新聞報》的杭石君先生為他們接洽車輛，給予不少便利，石君真為我們發愁，為什麼《申報》和《新聞報》的人，竟一個人都不來呢？這是我到重慶後杭先生向我講的。

大後方的友人時時關懷我們，從這種地方可以看得出，我們或不致使你們失望吧！

第六章 展開服務工作

紐約《泰晤士報》在每年耶穌聖誕和新年將到的時候，總發動一個救濟運動，所謂「一百件善舉」One Hundred Needed Cases者是。他們將這個時候貧苦人們的需要，一齊列舉出來，有姓名，有事實，請求社會人士給予一點同情和幫助，為這般苦人解除困難，使大家得到一點溫暖，很快樂地過耶誕和新年。我們細細咀嚼《泰晤士報》一大版的新聞，其中有淚痕，有創傷，社會間陰暗面的悲苦事實，從兩三行很短；很動人的句子中跳躍出來，叩動人的心弦。於是有力量的人便捐了些錢，大約只須幾天功夫，即可集成鉅數，分配給這般待援孔亟的人，使他們臉上也露出了一絲笑容。我想，有力量的人能夠看到這些笑臉，衷心的愉快，也不可以形容的。當然，紐約《泰晤士報》所辦的「一百件善舉」，其實絕不止一百件，不過這是一個概括的名稱而已。

這不是施捨，這是同情的表現，就報館立場來講，這不是做善舉，這是為大眾服務。我們常常憧憬著這一種優美崇高的境界和《泰晤士報》服務的精神。報館要和讀者打成一片，結成一個凝合的意志，然後才能發揮力量，共同邁進，其實發動這一類的事情，並不十分困難，只要「純潔」和「簡單」，大家一定會予以擁護的。在過去，《申報》致力於文化事業，也曾辦過了不少服務社會工作，像圖書館、補習學校、教育基金等等，不過所採取的方法，與報紙本身有了一點距離，當然已經發生了許多作用，但還覺得不夠。我們在幽居的時期以內，長廊上的咖啡和紅茶，助長了不少談話資料，大家覺得在這個暗無天日的上海，我們應該努力於這一類的工作；而報館當局尤極力鼓勵同人去發動。

二十九年的夏天，一個貧苦的孩子因為家裡太窮苦了，沒有力量付學費，他在學校裡白讀了半年書，到學期終了時，校長迭次催繳欠費無著，便向法院去起訴。這件新聞登出以後，惱怒了一般熱心人，紛紛地送錢給我們，在一日以內，便收到一千多塊錢，第三天，格外踴躍起來，把總數結算，可以給這個孩子讀到中學畢業。我們通知了孩子的父親，領著孩子和他的成績單到報館裡來談話，成績果然不差，把讀者所贈予的款項，全數點交，並請他們親筆簽了一張收據，於次日製了鋅版，在報上登出。我們並不費什麼手續，只為了一點善念，便算奠定了一個好孩子的前途，這種極其愉快的工作，卻是可遇而不可求呢！

這個為追繳學費而起訴的校長，終於得到一點懲處。事情被我教育部查明了，立刻電令在滬專員將校長撤職，改組校董會，學校經過調整後，精神也振作起來。敵人未侵入租界前，我中央各機關多派幹員在滬照常工作，尤其是教育部，將各級學校管理得異常嚴密，隨時與中央保持接觸，一直到三十年太平洋戰事爆發，敵人「控制」整個上海時為止。

一、助學金運動的展開

《申報》讀者助學金的發動，也是基於一點善念，在事前並沒有想到會有這樣廣大的成就，不過，我們總算把握住機會，沒有把它輕輕放過。

三十年的夏天，是我們幽居在報館的第二年，在某一個晚上，正在處理一大堆的信件時，忽然讀到一封三個災童聯名的來信，辭句是怎樣的懇切動人呀！我看了心裡有點怦怦然，當時因為事忙，便把原信放在桌上一個最觸目的地方，預備等到有空時再詳細研究。

十二時過後，復展讀來信，原來是上海災童教養所三個學生所寫的。到現在我還記得，這三個學生是姓吳、姓倪、姓包，不過他們的名字都已忘記。據他們的聲述，各有不同的處境，他們都是上海近郊的人，其中一個人的家在黃渡，所有一切房屋，都給敵寇的砲火轟燬了，父母在亂離中不知去向，也不知道死活存亡，救護車把他帶到上海的醫院，後來就進了災童教養所。另外一個災童是崑山人，也受了戰事影響，到今沒有家，父親是死了，母親連照料自己能力都沒有，格外顧不到他。再有一個災童，悲慘的境遇，和他的伙伴不相上下，總而言之，一切是敵人侵略的結果。

他們三個人，在夏天已經畢業，志切深造，準備長大了替國家出力，一個考取復旦附中，一個考進了立達學園，還有一個是考中學備取錄了。他們雖然請求學校免了學費，可是伙食費並無著落，而災童教養所已經撫育他們好幾年，不能再有所幫助，希望我們予以援手。

是一篇血淚的文字，是幾個早受創傷的幼童呼籲聲，文字有靈，我們是深深地感動了。惟有真摯的感情，悲慘的事實，才能構成這書信的內容，當夜我們經過了討論，便把原信公開發表了。第二天中午，我跨進辦公室一看，真出乎意料，讀者們的捐款，已經有了數千元，還有許多熱心的人們，來信和我們商酌，要全部擔任他們的中學讀書費用的。

在薄暮的光景，三個孩子由我們的外勤記者領了來，接談之餘，使大家異常歡喜，他們的程度確實不錯，災童教養所數年撫育之勞，已收了實效；而此後再求深造，應是社會上大家共同負責了。接著，第二天、第三天、第四天一直下去，我們絕無方法阻止讀者來捐款，三個災童的讀書費用，連衣食，買書都在內，照此時的幣值來估計，就是讀到大學畢業為止，也還是綽綽有餘。我們每天把捐款人的姓名和捐款數目，一一公佈出來，我們絕不採取善堂做徵信錄的辦法，稱讀者為「大善士」，我們必須選擇最有價值的來信，作為新聞資料，按日披露，以引起各方的共鳴。

捐款愈積愈多，在十日以後，我們決定一個辦法，便是舉辦了「《申報》讀者助學金」，把社會上愛護三個災童的熱情，推廣到整個上海無力讀書的青年們。我們登載了這個決定後，讀者們更加歡欣鼓舞起來，激發了廣大的同情心，捐助的款項，真所謂聚沙成塔似的，我們不愁款項之不易籌集，我們只顧慮事工之如何進行。

實現了長廊茶會的理想，大家高興得異乎尋常，發動了全館職員，從事這個偉大的義舉，營業部收受捐款，會計科登帳，稽核科逐日查核，而這些捐款，更另立專戶，每天送存到銀行裡去，至於我們編輯部的同人，則專營一切關於登記、調查、面談、考試和審核的事情。

我們都不是教育家，替社會辦理助學事工，又是何等鄭重的事，由於事實的需要，我們成立了一個委員會，延攬大學校長一人，中學校長一人，職業教育家一人，書局總經理一人和工部局的華人教育處長，充任委員，我們館裡的同事，卻一概不參加在內。這五個委員的邀請，真費了一番苦心，他們都與政治絕緣；而敵偽方面尤不時欲得而甘心，他們的處境，在彼時已感困難，本不願多管閒事，但是因為我們的邀請，只得勉強承諾了。最可感謝的，五位委員於每次開會時，必準時而到，討論得極其認真，凡是與申請學生有利的，他們都從長考慮，有很多被我們已經否決的申請表，他們再三研究，又重行核准了。

三個災童的一封信，是助學金的原動力，經過委員會首次的決議，擔任他們的學費，膳費和書籍費，至初中畢業為度，如果他們希望更求深造，則到初中畢業時，當再予考慮。

《申報》讀者助學金便從此展開。

二、引起廣大同情

值得我們珍視的，自從助學金運動展開後，竟激發社會上廣大的同情心。有錢的出錢，有力的出力，大家把這一件事當一樁非常有意義而又具有積極性的義舉，所以自民國三十年夏季起，一直到我們離開報館為止，共計辦了四屆，每屆的範圍，總比上屆廣泛，而捐款的數字，也愈有進步，受助的學生，就格外的多。

從這回助學金運動中所獲得的珍貴啟示，是上海社會間具有無限潛在的同情心，只要看我們如何發動，如何工作而後獲得怎樣的成果？社會不是盲目的，有意義有價值的廣大服務，大家一定會起來共同贊助的。

我們認為一切手續要「純潔」，要「簡單」，我在上一段已經說明了。在最初舉辦時，就確定了三個重要原則：（一）我們自己對外不採取募捐方法，讀者捐輸，概出於自動自發；（二）絕不籌集基金，這一學期獲得多少捐款，我們就根據這個數字，匡計能夠幫助多少人，以用完為度；（三）如果下學期捐款稀少，我們寧願少幫助幾個人。關於上述三點，在這裡有加以說明的必要。

關於第一點，因為募捐有很多流弊，並且範圍並不廣泛，所以我們希望讀者自動捐輸，萬金不覺其多，一元也不嫌其少，只要普遍到各個階層，讓大家對於此事有相當認識，大家有助人的機會。第二點的理由，是因為上海有許多慈善團體，募集了鉅額基金，往往以人事的更易和時代的變遷，基金保管，常發生無限糾紛。此外，當我們辦理助學工作時，正是妖氛猖獗的時代，如果我們留下了許多現金，準會落於敵偽之手，到了彼時，怎樣對得起捐輸的讀者，第三點的用意，在於激發讀者的繼續輸助，事實上我們也只能這樣辦，倘使捐款不多，只能選擇最優秀，最清寒的學生而加以資助了。

至於怎樣做到「純潔」兩個字呢？我們館內的同事分工合作，各不相涉，已做到相互牽制的地步，對外則凡事公開，如有困難，即儘量向讀者陳訴，使捐輸的讀者與辦事的人始終不相隔膜，而今日所收到的款項，必於明日在報端披露，絕不延宕。等到付款時，我們也將受助者的姓名，學校和受助的金額，同時在報上公布，好像學校錄取新生發榜似的。

工作方面則力求其「簡單」，捐款人送錢到館，即給予正式收據，絕不躭誤時間，如果要我們去取，只須用電話或來信通知，我們會即日派人持正式收據前往領取的。還有我們付給學生的學費，並不給予現款，是用抬頭支票直接寫上所肄業學校的校名，這樣，這領款的責任，便歸之學校，即有遺失或冒領等情，亦易於查究了。發領支票的日期，也分為小學，中學，大學數組，排日攜帶圖章，填具收據，學生取得支票，即直接付諸學校，手續都極「簡單」。

助學是一個經常工作，並非於學期終了或者將要開學時，我們始發動向社會呼籲，請求大家續予捐輸；即在平時，我們也不斷以各種消息隨時報道。有許多主持善舉的人，須俟需要用款時，方始痛切陳詞，要各界盡力捐助，等到集有鉅款，即置出錢的人於不顧，最多於事後印一本徵信錄，已算盡了責任，而於此一事工之如何進展，處理時有無困難，從不使外界盡情明瞭，其實，這是極端錯誤的。假若能以「純潔」和「簡單」的方法去做，則只須坦白地陳述了事實，估計要用多少錢，請大家共同出力，社會間儘多熱情的人，馬上會把這些錢擔承下來的。經辦人無須痛切陳詞，只要辦得切實，時時把經過情形向公眾報告，已算盡了他最大的責任了。

不過，我們絕對不承認助學是一種慈善事業，我們懸擬了一個崇高理想，我們認定助學為具有積極性的社會建設，現在大家花了一點錢去培植人才，若干年後，便可以養成無其數的助人的人，所以從整個社會來說，助學是有偉大收穫的。因此，我們又闡述助學的意義為「人助」，「自助」，「助人」的三個步驟，蓋無力讀書時，接受社會上的幫助，這是「人助」，等到學成用世，能夠維持個人或一家的生計時，可算是「自助」，更有能力時，當千百倍去「助人」，所以輸金助學的人不必以為是做善舉，而受助的人也無庸有被施捨之感。

從許多回憶中，這般熱心捐款的讀者，好像都在眼前，現在我們幾個助學工作者已到了自由祖國的陪都，懷念著你們，希望你們在敵偽重重壓迫下，用精神戰勝了一切，信念格外加強起來。

自三十年夏季到三十一年年底以及三十二年的上半年，《申報》大約共收到助學金捐款三百萬元。

這許多捐款，並不是有一個擁有財力的人捐上五十萬到乙百萬，而大半是一般小市民用血汗得來的錢。他們讀了報上所載的一切，深深地瞭解我們的真正意嚮，毫不遲疑地慷慨解囊了。五十元，一百元的熱心人特別多，用小數目累積起來，越積越高，捐過一次不夠，下一次再繼續捐輸，本人的一次捐輸能力的單薄，即按月認捐，除非是自己沒有飯喫，這助學金是要按月擔任下去的。

上海西藏路大陸飯店的一個工友，是首先倡導月捐的人，他說：「我自己不曾進過中學，至今感覺到痛苦，教育為國家百年大計，幫助學生讀書，就是間接貢獻國家，親愛的先生們，不要笑我這每月二十元的區區捐款，我還是從別樣開支樽節下來的，接受了吧！」一封短短的信，鄭重其事地送來，大家感激得說不出話來。此後他按月繳納，不曾間斷。

具有深長意義的助學，是一位隱名老人。讓我來先介紹這老人的歷史，他幼年讀書不多，家境貧寒，但是求知慾特別旺盛，從苦學自修入手，得到很大的長進。青年時，在四馬路擺一個小書攤，勤勤懇懇，積聚了幾個錢，入了中年，由小書攤而成為一個小書店。由於他的戮力經營，絲毫不苟，這小書店格外發達起來，於是乎他自己印書，專做批發生意，最近十幾年來，著實有了一點錢。他現在是六十歲以上的人了，飽經滄桑，知多金之無益，遇有善舉，莫不盡力捐輸。自從看見《中報》發動助學運動後，他要每學期認定三、五十個小學生的學費，他不要捐助給中學生和大學生，他的理由，是培植一個中學生可以供給兩個小學生。他要掃除文盲，要積極倡導國民教育，要使四馬路上賣菜飯，油豆腐和線粉的人都識字，都會看報。他說：如果這一個計劃推廣到全中國，中國是真正強大了。

我們為他這一個崇高理想所激動，替他在各小學中選擇最清寒而又最優秀的學生，接受他的資助。到了第二學期，他還認為這個辦法不夠積極，他噹囑我們在租界內分了地段，揀了幾個辦理最完善的小學，設了許多免費學額，在學校隣近去勸導窮苦孩子入學，我們也替他分頭去辦理了。

隱名老人的姓氏，他自己不肯說，我和他會過一面，一副誠懇到萬分的容顏，令人見了肅然起敬。他穿布長衫布底鞋，一副鄉下人的樣子，誰知道他是一位熱心愛國的老先生？他沒有兒子，他說，這些窮苦的孩子，便是他的子弟。

現在想想，我對於這位老先生，真景仰到頂點，希望回到上海時，再和他徹底研究掃除文盲的計劃。他是一位老戰士，奮發有為，倘使他能夠到大後方來，他不知道要歡喜得怎樣呢！隱名老人而外，令我印象最深刻的，還有一位老騎士，他是一個騎馬能手，在跑馬總會為會員。關於他的生平，因為沒有見過面，根本不知道。他準備每一學年捐輸十萬元，專注意學生的營養問題。他要我們選擇幾個學業成績最好的清寒大學生，供給他們的膳食，使得營養優良，把身體弄得結結實實，將來好替國家出力。他的意思，如果體格太差，就使有任何天大的本領，都不能發揮出來，大概老騎士自己是個運動家，他會聯想到體力問題。

這時上海經商致富的人果然不少，有許多人固然不肯花費一個錢，但是有一般中年人，他們的熱血依然沸騰著，時時刻刻注視著時局的發展，誰不希望國軍立刻打到上海來。譬如說，有一個俱樂部，裡面的份子非常純粹，他們就和普通的商人不同，他們要把取之於社會的，還一點給社會。他們考慮再三，認為做善舉還不如助學，結果，我們的收據冊上，在每學期將要開始時，總收到某俱樂部的一筆鉅款。

以行醫而又同時做善舉的丁福保先生，於三十一年夏天七十大壽，他無法阻止親友們的慶祝，在事先他就想出一個辦法，叫大家儘量送錢，但是不送到他的家裡而送到我們的報館，把這份壽儀全數充作助學金。丁老先生在著作界很有地位，生平寫了不少書，而尤其有價值的是一部《佛學大辭典》和一部《說文解字詁林》。這一回各方送到報館裡的壽儀，大約有十萬金之多。

好像發生一種無形的力量，把社會風氣轉移過來，無論有什麼婚喪喜慶的事，大家都節省糜費，以許多賀儀弔儀來助學。譬如說某先生和某女士結婚，他們把親友和同學的賀儀集中起來，送至報館，他們也就不再設筵請客，這是節省筵席之資，其他喪事也同樣辦理。有許多人為了父母壽儀，為了兒女彌月，為了紀念某一個人；甚至於商店中在端午節、中秋節，或年節，都省了筵席和聚餐之費，送來助學。

這種意想不到的成果，是上海同胞表現愛國家愛民族的鐵證，大家被敵偽壓迫得透不過氣來，沒有方法向國家獻金，沒有方法上前線去慰勞，他們無處發洩，認為我們辦理這個助學運動，是在敵後替國家出力，為社會培養青年，在意義上是具有若干價值的，於是乎儘量出錢，希望盡一點心，解除了自己精神上一點痛苦。

上面所舉的幾個例子，不過千百分之一而已，至於其他小額捐款，卻記不勝記，事實上一時想不起，不過這許多捐款人中，比較可注意的，有商店店員、兒童、女傭、舞女和廟裡的和尚。

後來，又有許多人送來公債、字畫、古董及在三門灣一千畝沙田的契據等等，我們因為無法處理，只得謝謝他們的好意，將原件璧還了。

足球比賽，書畫展覽，話劇表演和商店義賣，也收到不少款項，像這種籌款助學辦法，都是出於發起者的自動，並不由於我們的請求，不過他們所發售的票子，俱事前送來由我們蓋過章，或者當場由我們派人去會同收款的。

最後，提到我們自己，我們天天在報紙上發動勸人家助學，難道我們自己出了力以外，就不應該有一點表示麼？由於全館職工的自覺，在每屆助學事工開始時，全體同人發動集團捐助，不過我們以薪給為生，力量薄弱，每次所聚集的，大約自數千元至一萬元，說來很慚愧的！

還有一件緊要的事，應得說明的，就是助學金沒有一點開支，無論任何人為助學事工奔走，如出外調查的車錢和飯資，都由自己擔任，而紙張、筆墨、郵票以及其雜項支出，則全數由館中供給，所以助學金全部的款項，是掃數用在清寒學子身上的。

三、怎樣辦理助學

在這裡，先得說一說申請助學的程序：

照我們的組織，在委員會之下，設正副總幹事，其下再置若干組，如事務、登記、調查、審核、會計等等，而每一個學生要申請助學金，必須經過下列十項程序：一、面取申請表，二、繳納證件及填好之表格，三、本報派員調查，四、參加考試，五、個別談話，六、審核調查報告及學業成績，七、擬定助金數額，八、委員會開會作最後核定，九、發表獲助者之姓名，十、通知領取支票。

這張申請表格的內容，相當詳細，除了填具姓名、年齡、籍貫、家長或保護人姓名以及黏貼本人半身照片而外，我們特別重視申請人的家庭生活狀況，學業成績和操行三項。

關於家庭生活狀況一欄中，有必須填明者幾點，如家中人數，每月固定收入，收入之來源，每月伙食費若干，居住房屋幾間：自置或租賃抑或係二房客等等，為什麼要如此詳盡呢？因為同樣每月收入二千元者，或只供給三個人，或要養活全家八、九口，這樣便有了分別，而伙食費之多寡，更可顯示這一個家庭的生活真相，至於住屋之大小，亦有可供調查參考的地方。

助學條例中規定，凡主要科目有三項在七十分以下者，即不得申請，換言之，我們必須清寒而又優秀的學生，才給予幫助，否則只備具清寒條件而學業成績太差，在任何環境下，絕不肯稍予通融，因為助學不是辦善舉，我們不救濟貧寒。

由於漢奸們的種種無恥，使得我們對於一個人的品格，特別注意，所以學生的操行，在審核取捨時，我們心理上往往發生極大作用。漢奸中也有若干有才具的人，但是因為沒有操守，學問適足濟其奸，做出許多傷天害理的事情來。學生的操行如果太差了，也沒有獲得助金的希望。

在表面看來，這一張申請表很容易填寫，可是存心不坦白，有意詐欺的人，極容易露出破綻來，我們預設了種種問題來談話，使他們無所逃避。譬如說，申請人來領取空白表格時，衣履整潔，態度暇豫，不像一個困苦的學生，我們便特別給他一張表格；而這張表格上，是預先做好暗記的，等到審核時，必就種種方面予以嚴格之查考，不讓他混了過去。

申請人填好表格，連同本學期的學業成績單親送到館，我們當時發給他一張登記證，上面編好大學，中學或小學及號數，填明所收到的證件。將來即憑登記證領取支票和取回證件。

任何工作總比不上調查工作的困苦，我們選定了十幾個幹練的同事，按地段出發，根據申請表到學生家裡去訪問。在報上，他們雖有好幾篇關於訪問的描寫，讀了令人悲戚！

在許多小里弄中好容摸索到這一個門牌，登了暗無天日而又搖搖欲墮的扶梯，在閣樓上遇見一個孩子，申請小學助金的就是他。受過了生活嚴酷的訓練，應答問題，非常流利。爸爸到昆明當司機去了，幾個月收不到一封信，媽媽靠著洗衣服養了她和一個小妹妹，下學期沒有錢念書了，還是隔壁的一位先生看了報叫他來申請的。

這是一個例。

有一個住在靜安寺路里弄中的中學生，家裡陳設得相當不差，他也要申請助學金，這便使我們詫異了。談話的結果，方知道他的父親是一個司法官，因為不情願參加偽組織，回家苦度了一年六個月，最初還可以勉強應付，後來漸漸地不支了，這半年全靠典質度日，眼前只喫了三餐粥，一副虛有其表的空場面，連他自己看了，都有不勝今昔之感！

這又是一個例。

再有一個中學生，連他的母親和弟弟都住姨母家裡，父親於二十六年隨著政府西遷，早幾年還有錢寄到上海，這一年來因為匯兌的困難和限制，已有六個月收不到一封信，或許被調到別的地方去了。食住全靠了姨母，平時還要借點零用錢，姨母家的弟妹也不少，籌措學費，已感困難，他絕對不能再開口借錢，所以下學期要輟學了。

這再是一個例。

還有最悲慘的，我也無法記憶。這些調查記錄，極可珍貴，足以反映上海這一時代的陰暗面。上海有許多志行高潔的隱貧，故鄉淪陷了，回不得老家，一家生活，不知道怎樣一天一天捱過，子女讀書費用，就根本談不到，申請助學金又恐怕與顏面攸關，我們得到確實證明，復經過詳細調查，又豈能袖手旁觀？

調查工作，真令同事們無限低徊，我們讀了報告，也覺得不勝酸楚。

最初，我們經過調查和個別約談後，便由審核組根據學校應繳費用，分別決定助金的數目，後來，我們發覺一個不能自信的缺憾，因為上海的中小學太多，教學的程度和批定分數的寬嚴不同，如單根據紙面上的學業報告，太不公允，所以，在第二屆便實行考試法。

我們自己不主持考試工作，一切委託了青年會代辦，關於試題，閱卷等等，他們有絕對的主張，我們從不參預。等到考卷分數批定，製成表格後，我們才根據申請人的家境，學業，操行三者詳細會商，以定取捨。參加考試的幾千學生，把平日所研習的功課，表演出來，那是無所遁飾了。好像從前市教育局會考一樣，情緒相當熱烈，這些命題，閱卷的中小學教員，全由青年會從各校延攬而來，密封了題目，交與主持一切的青年會幹事，等到考完後，又全體關在一間大房間裡限一日一夜把考卷閱好。這種純潔的服務精神，充分發揮了青年會「我為人人」的信條，使我們大家深深地感動了。

申請人的學業成績，果然不能根據學校的報告單，有幾個著名的中小學，自然躍居了首位，雖然報告單上的成績是不超出九十分的。我們以為這個辦法最公允，以後便採取考試制度了。

大學生不參加考試，除調查家庭情況外，僅憑審核同人的個別談話作為決定。這個時候，上海的大學大半內遷了，所有幾個知名的教會大學，我們都知道內容，比較中小學容易辨。談話的資料相當廣泛，什九能使我們滿意，家境素來寬裕的人，因為受了戰事影響，此時未必有讀書的能力，只好斟酌情形，量為資助。

三十一的春天和夏天，有幾十個聖約翰大學的學生集體申請助金，他們服裝都很講究，我們一體核准了。這是什麼理由呢？原來他們全是華僑子弟，自從香港、菲律賓、新加坡、荷屬東印度等地相繼淪陷後，匯兌不通，家中的接濟，完全中斷，學校方面，已替他們設法，我們也幫助了一部份，這是特殊情形，捐輸的讀者，也絕對表示同情的。據說這許多華僑子弟，平時享用較奢，區區數百元的幫助，不能維持了許久，他們只得出售小提琴，網球拍，照相機，打字機和衣服來維持生活，說來也極其悲慘呢。

審核工作，也相當艱鉅，當每一張申請表將要被否決時，重複審慎，不知道要考慮過好幾回，在睡覺時，尤為不安，這些不予幫助的人，不要因此而失學嗎？我們的判斷有錯誤嗎？許多雜念，一時交集心頭，不過我們的出發點是完全公平的，自求良心之所安罷！

至我們雖開上海時為止，被助的大中小各級學生約為一萬人。將來必有一天，更作廣泛之社會服務，社會之需要服務，是何等殷切呀！

四、對於天主教的一點貢獻

天主教在上海所辦的事工，大家都覺得最切實而又最富於持久性，尤其耶穌會方面的卓越精神，像徐家匯的圖書館，呂班路的震旦大學等等。這般主持每一個單位的神父，孜孜不倦，把畢生的精力，貢獻在學術上和事業上，並且絲毫沒有一點愛慕虛榮的地方，所以每一樁事情，都能夠發揚光大起來。

以我個人而論，我並非公教教友，但由於和于斌主教的熟識，得到他不少的指示和感召，對於公教才有深切的認識。凡是關於公教所致力的事工，我們都予以熱烈的響應，拿過去的事說，二十五年的夏季，全國公教教友進行會在上海舉行過一次大會，我們曾儘量地給予幫助，自大會開幕，一直到圓滿結束為止。

閒言休絮，且說在南市淪陷區將近南站的地方，有一個很大的場所，裡面花木扶蘇，環境異常幽靜，一座座的大小房屋排立著，這便是公教教友陸伯鴻先生所創辦的普育堂。

自從陸伯鴻先生不幸身死後，普育堂的經濟狀況，便有點不能支持，裡面的姆姆們四出呼籲，總算勉強應付了一些歲月。至三十年及三十一年這兩年當中，簡直沒有方法可以應付，我們便出而代為呼籲。

普育堂分了許多部門，所收留的，是孤苦無依的男女老年人，年紀總在六七十歲，行動已不靈便，還要供給他們三餐飲食，又要照料他們的生活起居，一旦生病，更要予以醫治。此外，又收留人家的棄嬰。把幾個月的男女孩子領大了，再教以相當技能，及至成年，有自立的能力時，為他們配偶，送到社會上去。還有一個部份是收容社會有殘疾及瘋癲的人，總共全院每天要喫飯的人將近有一千人。

我們去參觀一回，到各部門實地視察，除了驚歡感激而外，沒有說話的餘地。普育堂為社會而服務，社會不能不予以援手，於是我們將普育堂辦理的成績；和現在不能維持的真相，向讀者作一詳盡的公開介紹，請大家去實地去考查，倘使認為有援手的必要，希望大家出點力罷！

結果，米有了，蕃薯有了，煤有了，菜油也有了，此外還捐到現款二十幾萬了，可以勉渡了大半年。當敵人侵佔了公共租界後，這些姆姆們很替我們擔憂，曾替我們祈求，請天主保佑我們脫險。

三十一年的春天，我們四個人被邀到普育堂參觀時，許多小孤兒們在沈姆姆領導下，臨時開了一歡迎會，還唱一首歌，活潑整齊，和我們家裡的孩子一樣，我們歡喜得異乎尋常。有一位從小在普育堂養大的女孩子，現在將作新嫁娘了，同去的陸先生送了她一份賀儀。這是一個不可磨滅的印象，我對於天主教的崇敬，由於他們服務社會的偉大精神而起，由於他們辦事徹底；絲毫不苟的特質而起。

第七章

陰影籠罩下的上海

敵人自三十年十二月八日偷襲美國珍珠港的同時，以數千在滬的駐軍，不折一兵一矢，踏進了公共租界，這是何等便宜的事，法租界當局由於維琪政府的指使，早已和敵人互相默契，所以敵人在表面上不進法租界，是對維琪的一種所謂「尊重主權」，其實隨時出入，毫無顧忌，法租界早已成為敵人囊中之物了。

就大體來說，國軍自民國二十六年十一月十三日撤離上海後，敵人控制了四郊，名義上已侵佔上海，但是不曾抓到上海的心臟，這回進佔租界，敵人躊躇滿志，其得意忘形的程度與夫驕傲難看的那副面孔，令人看了氣惱，有說不出的憤慨與厭惡。

一直到我離開崗位為止，我親眼看見的事情太多了，這兩個整年（民國三十一年和三十二年）真不容易挨過，天天詛咒，天天憤恨，每當走過敵兵崗位的左近，寧願兜個大圈子，不願意看他們一眼。敵兵儘管持著槍，直挺挺地僵立在跑馬廳門口，上海人有的是鮮紅的一顆心，馳念著祖國，誰也不曾投以正眼，大家心裡在罵，總有一天給我滾出去。

陰影籠罩了全上海，使人透不過氣來，現在要寫上海一般情景，不知從何處下手才好。我到重慶後，在各方面所聽到的，知道一般人對於上海很關心，有許多報告相當正確，有許多消息，出諸傳聞又似是而非。我不願意歪曲事實，特地張大其詞，說敵人怎樣，我要以真實材料，作忠實報道。換句話說，凡是我所寫的，都比較可靠，希望讀者們體會到這一點。不過我個人聞見有限，或許還不能刻劃敵人卑劣於萬一呢！

一、敵寇的利害衝突

要說無組織的國家，在全世界中，恐怕當以敵國為第一。敵人上級的命令，不能推行到下層；下層因利害切身的關係，會用種種方法，拒絕執行上級的命令。以敵人自己本國來說，高級機構要推行一個政令到地方上去，除無關重要的可以勉強接受外，其餘妨礙到地方官吏本身權益之處，儘可以諉稱「地方有特殊情形」，置之不理，或者拖延它若干時日。

美國前駐日大使格魯，在敵國最久，明瞭這些事實，或者比我們所知道的更多。也許有人要問，既然敵國沒有組織，何以能夠發動百數十萬民眾到中國和南太平洋一帶去送死？答覆這一個問題並不困難，因為敵閥在國內製造了許多虛偽宣傳，說怎樣到中國大陸去，便可以拾取黃金，便可以豐衣足食，以過去攫取東北四省的便宜勾當而論，敵國的百姓，更深信不疑，何況在敵國報紙所載的消息，根本就沒有打過一次敗仗，每天都是刊登許多捷報。敵國的老百姓也很可憐，誰不想吃得好一點和穿得好一點，他們憧憬著中國大陸的樂園和所謂「南方地帶」的蘊藏，他們幻想著更美麗的未來，背上槍桿，藏著神符，拋妻別子，去爭取虛無縹渺的美夢，當他們瘋狂似的離別了家鄉時，又何曾想到此一去的結果呢？

這些都是大家知道的事實，不必縷述。以上海敵軍來說，他們進佔了租界以後，享受著最高貴的生活，被百貨商店大玻璃窗所炫耀，他們開始迷惑了，似乎需要一點享受，高貴飯店和咖啡館的陳設，比東京銀座還具誘惑，吃的用的，在敵國根本不曾看見過的，一齊向他們攻擊，他們心旌搖搖然。

事情就發生了，敵人在大新公司五樓舉辦了一個什麼展覽會，把許多武器標本陳列著，一面是誇耀武功，一面是向中國人民示威，當然誰都不感覺興趣，誰也不願意去看。可是第二天，在一個戰艦模型裡，暗放著一個定時炸彈。果然依時爆發了。結果，大新公司和四周圍的商店遭了殃，被封鎖若干時，費很大的周折，才得開放。據深知內幕者言，敵軍正在此時，奉命他調，他們留戀著上海的樂園，誰也不肯走，照預定的計劃，來一套把戲，上海還是不安靖，他們可以暫時不走。

在太湖畔的湖州城，是一個水鄉，有魚有肉，生活非常安逸，駐紮在此地的敵軍，富於模倣性，他們也學會上茶館，嗑瓜子，坐一個早晨，或者從下午坐到黃昏。四郊的中國游擊隊，根本不曾放鬆過敵人，每天夜裡都要來襲擊，急促的槍聲，從夜半會放到天明。有一夜槍聲寂然，敵人的小隊長著了慌，便向「維持會會長」探詢，為什麼中國游擊隊不放槍，他真關心，要漢奸們替他打聽虛實。

這真是一幕喜劇，第二天所得到的答覆，是中國游擊隊因為接濟中斷，子彈沒有，所以暫停襲擊。敵人的小隊長表示十分高興，他說：「既然這樣，我們便送一箱子彈去，請他們繼續夜放……」這是什麼緣故呢？因為中國游擊隊不放槍，他們便不能久留在這湖州安樂之鄉。

敵人部隊駐紮在一個地方，如果時間過久，便休想移調，從上面所舉的例子，便是有力的證明。

進佔公共租界的敵軍，有陸軍，有海軍陸戰隊，人數雖不算多，可是他們衝突得很厲害。在最初「封鎖」所謂「敵產」時，是用「大日本帝國海陸軍」的名義，後來因為「管轄」問題，大起爭執，尤其是有收入的英美大公司，鬥爭得很厲害，彼此幾乎要開火。大概有人從中斡旋，互相劃分，而「封條」上所用的名義，也就分開，凡是陸軍「代管」的，海軍方面又一一都要回來，才算了結。

事實上，敵人進佔公共租界，海陸軍各有其地段，但是有許多所謂「難以分割的事件」，常會引起糾紛，再加上敵人的憲兵隊，特務機關，鬧得一團糟，你要這樣，他偏要那樣，漢奸們四面逢迎，時時有吃耳光的可能。東京所發來的命令，更是「陽奉陰違」，好在「地方有特殊情形」，大家可以暫時不睬。

像這些事實，要說敵國是一個無組織的國家，誰都不能否認，敵人也有點懷疑自己，最好去問問在上海有理智的日本商人吧！

二、敵人的頹唐和沒落

這裡我要告訴讀者的，有幾件富於趣味的故事，足以反映出敵人生活的頹廢和思想的沒落。

有一個中佐階級的日本軍人，會說很流利的北平話，是一個十足道地的「中國通」住在南方過久的中國人，準會不能和他並坐談話，因為他所知道的北平風俗和習慣，比一般人還要豐富。由於敵軍要佔領公共租界，這個所謂「中國通」的敵中佐，便被調到上海，幫助處理較為重要的事務。

他愛好北平，愛好中國的一切，他自己甚至於改了中國姓。他所享用的東西，都是中國古老的稀有之物，他心目中懸想的對象，是要成為一個中國士大夫一流的人物。他通常上午睡覺，到薄暮才起身，越到深夜越有精神，一切奔走他門路的奸偽們，多在暮夜活動。

這些都不去管他，最足令我們誇獎他的，是他會抽鴉片煙，向古老的坑床上一橫，擔著精緻的煙槍，於煙霧濃密之中，捧著小茶壺狂飲，同時就想出如何加害中國人的毒計。他是預備不回敵國去了，就讓他在中國自尋歸宿罷！實在像這樣的一個中佐，確是現實主義者，與其肩著長槍上火線送死，倒不如擔著煙槍，慢慢地去消滅自己。

南京路上有不少珍奇的舖子，最耀眼的是Boyes Besett，大玻璃窗裡陳列著炫眼的零星用具，有小粉盒，打火機，皮質的鏡架，刻花的玻璃酒杯以及一切淫邪的男人和女人的用品。在戰前，不斷有好東西，從外國運來，自從輪船停航後，這所有的陳列品，已是最後殘餘的一批了。有一天午後，我從沙利文走出來，看見一個敵人官佐在這家舖子門首徘徊著，流連著，好像不忍離開的樣子，我為好奇心所驅使，就站在馬路的對面靜靜地加以注視。敵人官佐的服裝，相當考究，閃光的長統皮鞋，穿上一身毫無摺痕的黃色制服，年紀相當輕，是一個做「英雄」的迷夢者。他在舖子門首踱了一回，毅然向東走去，憑良心說，我此時的心理，很佩服這個不為物質所搖撼的敵國軍人。可是不到一會兒，他慢慢地從東面折回來，又停足在這舖子門首。這一次，他以最大的勇氣，踏上白大理石的階沿，竟走到舖子裡去，滿足他的物質慾望了。

我們要研究敵人官兵素質的低劣，很可以從這些小的地方看出來，雖然買幾件精緻的東西不算一回事，但是心理上的變化，和作戰能力成為一個正比例，我們知道敵人的鬥志，在逐漸消沉下去了。

久居在上海的人，對於幾個有名的大飯店，像百老匯大廈、華懋、惠中和跑馬廳對面的國際飯店，大概多記憶得很清楚，現在這許多享樂場所，全是敵人和漢奸們日夜酬酢的所在，自中午十一時半左右起，到夜裡十一時左右為止，聚滿了這些所謂「貴賓」，下午，還有一頓茶會，個個腦滿腸肥，得意忘形，也不曉得自己的命運，究竟能夠維持到多久？

此外，新開的酒食徵逐之所，有康樂大酒店，新都飯店和許多已有的廣東餐肆，日夜席座虛席，昏天黑地，大家過著糜爛生活。上海又流行一種妖冶的歌曲，於酣呼痛飲之際，樂師吹著跳著，賣唱的女子，便登台演唱，靡靡之音，聽了真起「後庭花」之感！敵人以上海為征服地，戴了短視眼鏡，不自己想想前途，更不想到島國的悲苦生活，儘管天天醉飽，夜夜尋歡，這種現象，能不說那是自趨滅亡的一種朕兆。

敵人的性格，卑鄙而又可憐，綜括來說，敵人有兩種特質：一是小氣，二是多疑，由於小氣所造成的，是深恐別人瞧不起他們，而多疑的結果，則不相信自己的同伴。據說，上海餐肆中盛行一種電燈鴨子，就是在一隻全鴨的四週，綴以彩色小電燈泡，敵人看見這隻鴨子，便以為對於自己十分恭敬，如果沒有小電燈泡裝上，那怕鴨子再大一點，敵人也認為是一種侮辱，可憐一般寡廉鮮恥的商人，在敵人鐵蹄下討生活，每天請這般小氣的敵人吃飯，著實花費了一番心機呢。

漢奸們要推動一件事情，必須和陸軍商量，又要請海軍諒解，更須向有關方面疏通，如果不是四面都同意了，休想辦得通。在這往復奔走之時，敵人對自己的同伴，會發生極大的疑慮，不要是他們先有了勾結嗎？因此漢奸們才知服侍主子之艱難；而漢奸之不可為。

據一個商人說，敵人在表面上並不要什麼賄賂，可是他們很愛東西，今天看見了一隻手錶，便得馬上送給他，隔幾天還須再送一只快速度徠卡鏡箱，一星期後，或許要加上一幅中國古代名畫，這樣絡續不斷的贈送，在敵人心裡上，不是受賄，而是一種交際，至於商人們花了若干代價，那就不問了。

初到租界的幾個月裡，敵人要以「大國的風度」和「寬大的心胸」來處理一切事件，比較高級的敵兵，約集了此時在上海的所謂「領袖」談話；敵人痛斥英美過去的措施，希望和中國「永久親善」下去。就在這個時候，發生了一個笑話，據說敵人向一位在座的人公然說：

「像我們這樣『寬大的措置』，不咎既往，在英美人是辦不到的，你的感想以為如何？」

這一位所謂各界「領袖」之一，比較還有點風骨，他於談笑中答覆了。

他說：「英美人誠然不好，但是好像吃菜似地，英美人把肉都吃完了，還留下一點湯給中國人喝，你們就不然了，你們非但吃完了肉，連湯也喝得精光，一滴都不肯留下。……」

於是大家就在一陣哄笑中散了席。這幾句話便傳遍了上海。沒有一個人相信敵人，也沒有一個敵人相信中國人，連漢奸們在內，像這樣互相哄騙欺詐，共同過著糜爛的生活，敵人怎樣能夠「統治」上海？怎樣能夠「征服」全中國？敵人自己看得清清楚楚，不需要去提醒他們，只是爭取時間，我們靜待天亮罷了。

三、上海人在掙扎著

敵人所給予上海人初步的深刻印象，是採取封鎖辦法，希望用以「遏止」一切槍殺案件。時當農曆新年，大家正在愁眉不展，焦慮著怎樣度過年關，第一個炸彈，在山東路愛多亞路一個區域裡發現。敵人立刻將這個區域封鎖，範圍很廣大，從山東路朝西至福建路，南至愛多亞路，北至廣東路，完全用蔴繩在人行道上將四圍繞一個圈子，敵人持著槍，惡狠狠地在要道站立著，不准任何人出進，沿馬路的店舖，一律將門關起。這個區域內有南北貨店、有衣莊，有小飯館，而小弄內的居民，更有數千百家，並且這些住戶都是貧苦階級，一日不作工，一日就沒得飯吃，現在把他們與外界隔絕了，簡直叫他們活活餓死，這是何等悲慘的事件！

在敵人的意思，炸彈既然在這個區域內發生，一定要這個區域的人負責把「暴徒」交出，其實等到大隊武裝敵人開到時，放置炸彈的人早已不知去向，叫許多無辜的人如何能負這個責任？此種毫無理性的措施，恐怕也只有敵人想得到。

這個區域封鎖最久，寂靜得如死市一樣，我們坐在公共汽車上向那邊望，心裡憤恨得要冒出火來。後來不知經過多少周折，承認了極端苛刻的擔保，才得開放。

檳榔路工廠區域的封鎖，較上面所說的尤慘。大家都知道，住在那裡的人，都是赤貧之戶，不知怎樣也是因為一個炸彈，用蔴繩將四週都圍繞起來，裡面被封鎖的，盡是女人和小孩子或一些老年人，中年的男子，已經到外面工廠裡去做工，沒有法子回家，就是有錢有米，絕對不能通過雷池一步，無法往裡面送。據說在一星期之中，餓死者竟有二、三百人之多，敵人用大卡車將死者運出，絲毫沒有一點憐憫之心，提起這些事，真令人髮指，大家不會健忘，總有一天和敵人作一個總清算。

後來，封鎖的事，不一定要炸彈，敵國的要人和大漢奸經過，也要臨時封鎖起來。好好地在路上行走，電鈴一響，四面的蔴繩一拉，頓時便斷絕交通，車輛和行人，擁塞在中途，不管暴風雨和酷熱的天，等上一、二小時是尋常的事。在敵偽表演「交還租界」滑稽戲劇的前一天，汪逆自南京飛滬，聽說是午後四時才動身，而上海方面的敵人，已於二時開始封鎖，斷絕交通三小時之久，路人的憤恨，實在無法形容，把所有上海最惡劣的罵人的話，一齊都罵出來。

敵人的花樣，層出不窮，深恐有人暗藏軍火，從游擊區帶到上海來，除在各碼頭密派警探，注意查訪外，又常常出其不意地在繁盛街市間舉行大搜索。有一回，我從愛多亞路走入河南路，在商務印書館附近，只看見幾個穿藍布短衫褲的工人立路旁大肆咆哮，叫這一般的行人立刻躲到兩旁的商店裡去，不許朝外面望。他們拿著木殼槍，突然對所謂可疑的人施行搜檢，時間雖然不長，但是路人倒有點惶惶然，後來一經調查，原來這般穿藍布短衫褲的工人，都是敵人喬裝的。他們會講中國話，是些下流胚子。

總之，在上海走路，確實不容易，什麼一切保障都沒有了。

大家都明白上海人在飢饉中掙扎著，但是沒有親自目擊所謂「軋米」的一群，絕不會瞭然於這情景的悲慘。

上海缺米的恐慌，自民國二十七年以後就開始，蘇州無錫一帶的米不能來，松江泗涇一帶的米不能來，這時全靠英商太古，怡和輪船運一點安南米來接濟，可是斷斷續續，也不能大量運到。敵人進佔租界，這個食米問題，就格外嚴重化起來。每人每日只許限購三升，挨次序排班，很長的行列，把一條馬路黑壓壓地都堆滿人，大約估計這個行列，至少有一英里長。每隔一條馬路上，就有一家米店，所以在路上走走，到處都可以看到這個悲慘緊張的一幕。倘使能夠買到這三升米，貧窮的人苦度一天，倒也罷了，事實上有很多年老的婦人從黎明擠軋在行列中一直到薄暮，連一粒米都不曾買到，提著空籃，凄凄惶惶地走回家去，這是怎樣可憐的情景？天氣相當冷，北風吹在臉上，像刀刮一樣，竟有全家大小在先一天的晚上，取了蓆子，攜了舖蓋，在米店門口攞下地舖，忍受一夜的寒冷，準備第二天取得優先購米的機會。這個辦法一經發明，於是窮苦的人個個都躺在水門汀上過夜，而身體孱弱，路途遙遠的老年人格外斷絕了「軋米」的能力。這一年的冬天，上海凍死餓死的人，著實不少。我們大後方的人無法看到這一幅購米圖，我個人是親眼目睹的，現在想想，敵人對付中國人的狠毒方法，在每一個人腦筋中烙下了深刻的痕跡，沒有方法可以消滅。

有錢的人儘量購取黑米。這些黑市米的來源，是由泗涇，七寶一帶的鄉下人攜著米袋從虹橋路、土山灣、徐家匯一帶鐵絲網上攀越過來的。敵人的哨兵，在黑夜裡開槍，把米販擊死不少，後來敵人又想出一個毒計，就是用了幾十條兇惡的狼犬，在鐵絲網守候，如果米販跨過時，馬上奔上去咬一口，結果，受傷的鄉下人，血肉狼藉，雖然不至於送掉性命，但是要經過幾個月的醫治，才會復原。

鄉下人也不是容易「統治」的，有一回，一個鄉下人負著一袋米，走進徐家匯鎮，忽然被敵人看見了，當然惡狠狠地叫他把米放下，但是，這一袋米是他的生命，如何能放下呢？他一時憤恨到極點，就用盡平生的氣力，把一袋米向敵人的頭上打去，結果，敵人是暈倒了。從這一事著想，如果我們把民眾組織起來，像湖南人發揮保衛家鄉的精神一樣，在東南一帶的民眾，必定表現出了不起的偉大潛在力量，尤其是在我們反攻的時候，我想。

上海的情形，一天一天的壞下去，自從保甲實行以後，敵人強迫保長甲長去執行一切凌虐住戶的事情，就拿燈火管制來說罷，只要聽得弄堂裡的搖鈴聲，便將所有大小窗戶關上，用黑布遮沒，如果有一絲光線露在外面，罰金的輕重，是看各人的身份而定的，說不定還要引起其他的糾紛。

街上的防空演習，尤其緊張而嚴密。上海的電燈，本來是照耀得如同白晝一樣，在防空演習時，便完全黑暗了，像整個鬼的都市，同時也象徵上海在此時全在黑暗籠罩之中。只須警號一鳴，所有在路上行進的汽車，電車，人力車等，便把燈光熄滅，立刻停止，行人只准依著左右在同一個方向來去。敵人的飛機，在天空飛馳著，倘使發現了在某一個地方有一絲燈光，便立刻投下一個火箭，算是一種警告。於虹口區域內，敵人的男女老幼還要練習在空襲下怎樣去救火，怎樣去救護受傷的人。

一切都顯得緊張而認真，上海人沒奈何，也跟著忙得透不過氣來，然而上海防空有什麼用，上海的防空洞在那裡？吳淞口外和舟山群島方面，常有敵船被襲擊的消息傳到上海，敵人著了慌，格外加緊防空，格外加緊燈火管制，聽說現在上海天天管制燈火，一到下午五六時，就把燈火熄滅，大家總認為國軍到達上海，才能夠恢復光明。

無一事不感覺到困難，電力限制用量，煤氣限制用量，都是敵人「接管」後所頒行的措施。至於居住問題，其嚴重性並不亞於陪都，通常一幢房屋，在戰前的頂費，不過三、四百元，現在則需要三、四萬元，至於有衛生設備的西式房屋，其索價多在偽幣三、五十萬元左右。事實上居住遷移，在平時不算一回事，目前卻費了極大的轉折，因為卡車沒有，只得用兩個或四個橡皮輪的小板車搬運。

上海的物資並不缺乏，如果有錢，肯出最高的代價，立時可以獲致所需要的東西。即以西服而論，靜安寺路的一帶裁縫舖中，什麼高貴料子都有，五、六千元一套的西服，四五萬元一件呢大衣；儘量地陳列，在櫥窗中等待主顧。可是有能力去定製的，只有敵人，漢奸和一般暴發戶，普通靠薪給為生的人，只好望望然而去了。普通一個人，在一年之中，新製一件衣服，是稀有的事，自可想見物資的貧乏了。

相反地，有一部份人在上海卻大過其靡爛生活。心裡上的變態，影響到一個人的全部生活甚大。各處的工廠都關門了，根本談不到正當經商，於是一般中級商人，便大做投機生意，囤貨而外，兼做股票，一早出門，趕到股票市場，買進一百股某某公司的股票，不到一二小時，這家股票每股上漲了二元，便又馬上賣出，這樣一轉手之間，就可以賺到數百元，就是上海人所通行的一句話「搶帽子」。各銀行公司的職員根本沒有工作可做，除非不得已的例行公務勉強應付而外，其餘的時間，全用在打電話上，探詢行市起落和收盤的結果。有時，上級主管人員立在旁邊，小職員竟毫無顧忌地向他徵詢意見，因為上級人員也在暗中做生意，只好替他策劃一下，根本不能加以阻止。

「搶帽子」的結果，口袋中多了數百元的收入，馬上便到西餐館裡大嚼一頓，下午還要進茶點，晚上少不得到跳舞場去坐上二、三小時，這樣一消耗，區區數百元，真不夠消耗。事實上，並不能天天搶到帽子，於是更想出如何作弊的技巧，結果，漏洞愈大，問題愈多，把性命都會送掉。

自然不能一概而論，有許多勇邁奮發的青年，早已奔上征塵，投向祖國的懷抱。這些「搶帽子」的小商人，僅僅乎是一個小圈子裡的一群，是些渣滓，在無可奈何中尋歡樂，在刀口上舐血，明知其不可為而為之，說來也很可憐，如果給他們一個機會，讓他們到大後方來看看，他們良心未泯，和我們一樣，一定歡欣鼓舞得跳躍起來。

最令大家痛心的是上海許多「領袖商人」，和敵人周旋酬酢，在任何集團中，他們總肯示人以色相，以「貴賓」姿態出現，這個，給予一般人的印象太壞了。如果為了「維持地方」，替老百姓說話，則他們說話的力量，幾等於零，他們始終不曾解除上海人的痛苦，敵人和他們開玩笑則有之，根本並不加以重視。退一步講，他們為了維護股東利益，不得不在這個艱苦時期中和敵人虛予委蛇，希望度過難關；而股東的權益可以保全；但是，這個思想，太愚笨了，如果全上海歸於毀滅，試問股東權益，如何保全；縱使保全了，還有什麼意義？

這些自恕之詞，我們無庸加以研討。但是存這種心情的「領袖商人」尚可稱為天良未泯的一群。等而下之者，則另有一副面孔，另有一種手法，私人的財產頓有增加了，生活起居也和從前異樣了，不能列舉事實，在這裡就此帶住。

還有若干傳聞之詞，非常可笑，譬如說某人在上海的種種行動，是得到中央諒解的，或者有人替他保證，將來絕無問題的，其實在這個局面之下，「諒解」和「保證」，惟有求諸己；惟有去摸摸自己的良心。

在滬西的另一角落，即是大家所知道的「歹土」，於敵偽保證之下，從早至晚，再從午夜到天明，過著荒淫無恥的生活，進行著吸人脂膏的勾當。這裡有陳設豪華的賭窟，酗酒滋事的舞場以及烏煙瘴氣的鴉片煙館，凡是墮落到極點的下流痞子，都到這裡集中。敵偽方面向這些開設墮落窟的主人徵收費用，按日來取，一切俱規定好的，倘使發生什麼意外，他們會出面保護的。

賭場的流行賭博辦法，除了三十六門之外，其餘也色色俱全，好賭的人傾家蕩產連性命都送掉的不知多少，好在他們把消息的來源隔斷了，根本上報紙不會登出一個字。如果一個人手氣好，一場賭博中能夠賺進幾千元，在走出賭場後，準會有人亦步亦趨，跟隨著跑，及至走到相當僻靜的地方，他們會取出手槍，把你所有的金錢全數拿走，甚至於連衣服都剝了去。這些強盜，隨時在賭場巡視，沒有一次肯放過機會的。

自從偽「市政府」在滬西成立後，眼看見這些魔窟有失「體統」，便和敵人商量，要把他們全數趕走，但是賭場主人唯一拒絕的理由，便是靠此為生的有好幾萬人，一旦失所憑藉，對於「地方治安」，影響很大，他們有槍，都是「梁山」人馬，這個問題，卻值得考慮了。

敵偽們互相維持「面子」，既屬有利可圖！根本也不情願叫他們關閉，結果是全數從滬西搬到南市，換句話說，是把加害滬西一帶的東西去加害南市，現在南市一帶不知道成何世界了！

上海有四百萬人口，百分之九十九的人在悲慘氛圍中挨苦過日子，其餘少數的無恥份子，即進行著荒淫無度的生活，一直要到他們的末日來臨為止。

四、天快亮了

寫到這裡，應得大書特書的，是上海無其數的隱藏在人海中的正人君子；他們有的是息影家居的政治家，有的是鑽研經史的學者，有的是從未在政治上活動過的許多大學教授。他們在社會上自有其潛在地位，個人行動，影響到整個社會的風氣很大，而他們在社會間所建立的信譽，根深蒂固，不是一朝一夕所造成的。譬如說，外面謠傳某某老下水了，大家會絕對搖頭，代為否認的。又譬如說，某某領袖，要到南京了，大家會將信將疑，不敢輕易斷定，在這絕對否認和將信將疑的中間，卻有很大的距離。社會自有其正義感，自有其無形的制裁力量，落了水的人，不一定沒有地位，不一定沒有學問，但他們為良心所譴責，羞羞慚慚，不敢露面，當他被正式證明參加偽組織時，他的親戚朋友便和他少往來了，甚至於在路上遇見，便老遠地避開，這些所給予他的精神痛苦，就是我所說的一種無形制裁的力量。

就個人的觀感看來，凡是讀經讀史以移風易俗自任的正人君子，莫不閉門卻掃，與外界絕無接觸，而才華辭藻高人一等的所謂風雅而又聰明的人，則怦怦然希望在這個時代中，做一個「風雲際會」的人物。我們試看偽組織方面，不是有很多有才華和絕頂聰明的人麼？越是聰明，越是會幹無恥的勾當，越是有才具，越是足以濟其奸。所以我們交朋友，還是和篤實的人往來好。

正人君子在上海很不容易立足，因為敵偽方面不斷的來糾纏，如果稍假以詞色，則後患無窮，必致身敗名裂而後已。因為有幾位宿儒在上海設立講學會，每星期之中，公開講學三四次，所選的題材，如佛學、哲學、經學和人生修養等等，教人以發奮知恥的大道理，聽講者實在不少，其真正的作用所在，還是指示大眾以做人的意義和做人的途徑。從表面看，講學會是搬出老古董，是開倒車，然而它所得的效果，所給予人們的興奮，所具移風易俗的力量，是不可估計的。

這種「無為而為」的精神，給我們不少的偉大啟示。

物價的壓迫，不能維持正人君子的生活，於是有幾個人便以賣字鬻畫為生，但是，漢奸們最歡喜「附庸風雅」，深以求得名人的字畫為光榮，既然有人肯公開賣字鬻畫，他們便照潤格致送酬金，託牋扇店轉致，約期取件。

有氣節的書畫家，當然不願意為幾個臭錢，和這般人稱兄道弟或者稱為先生，只得謝絕了一切，於是這一條最可憐的生活門徑，又為漢奸們打斷。

上海人受敵偽壓迫的程度愈深，其反抗的情緒愈高漲，四百萬人一條心，（當然漢奸們不在內，上海好像一條牛，漢奸們只是牛身上的一根毛而已）。大家意志集中，力量集中，立志要做一個好國民，具有忍辱負重的心情，沉著觀變的毅力，其潛藏在內心的熱血，隨時隨地要流出為國家效命。我們常說，上海人的愛國情緒，真能夠配合前線浴血抗戰的將士，以過去貢獻於國家者而論，可以預料將來國軍到達上海四郊時，上海的爆竹聲將震動天地，而上海的國民呢，必將列成極長的隊伍，奔馳數十里，以迎候殺敵致果；辛苦歸來的將士們。

由於上海人的自動自發，由於正人君子的啟廸激勵，這種極堪珍貴的愛國情緒，日在滋長發創之中。

雖在水深火熱中苦度，大家關心時局的觀念，格外加深。敵人雖然將所有短波收音機一律沒收淨盡，但是沒有登記過的人家，仍於夜深人靜時，收聽中央廣播電台的消息，同時，還可以聽到舊金山的華語報告。這樣，被關閉在孤島中的人，並不曾把耳朵和眼睛完全湮沒。

好像也學美國人所盛行的耳語運動似地，消息轉佈得很快很廣，只須有使人振奮的新聞，不到半天的功夫，可以傳播到整個上海的，第一朋友來報告過了，接著又來第二個朋友，所說的話，大家是一樣的。用心思的人，看報紙用地圖，用紅鉛筆，因為不就地形來研究，則敵人所慣用的「轉移陣地」和「完成任務」這一類名詞，是不容易瞭解的。

有一個在英國留學的大學畢業生，放棄了文化工作，設一商舖，維持生活也是囤積貨物的；他所囤的是幾大箱大小國旗，據他說，國軍重返上海時，每一個人家需要國旗，商店需要國旗，各種車子上也需要國旗，到這個時候，大家無法購取，惟有他可以儘量供應，不過他附帶一個條件，必須要國軍回來時，他才親自開啟這幾十只箱子。

上海有一句通行的口頭禪，大家都曉得的，是「天快亮了」！

不錯，天就亮了！

第八章

上海的外僑

美英撤退在滬僑民的措置，在民國三十年的春季，已經非常急迫，兩國領事館的勸告通知，如雪片似地發出，希望第一步先把婦孺撤退，第二步是要不必需在滬的男子歸國，美英兩國的僑民協會也幫助領事署做些工作。等到來棲赴美談判時，美英更實行派遣輪船到上海，一時謠言很多，好像美日開火，已迫於眉睫，結果，一部份美英僑民在黃浦江畔灑淚，和上海暫告別離了。

事實上，美英僑民真正撤退的並不很多。他們愛好上海，是他們的第二故鄉。有若干久居上海的外僑，已經好幾代居住下來，有精緻的房屋和幽雅的花園，一切諳熟的環境，如何肯毅然放棄呢？這是人情之常，大家是一樣的，而且在那個時候，狡獪的敵人，不動聲色，誰都難料此後的上海究竟發展到什麼地步，所以工部局總董樊克令說，「我是一個律師，我總想不出如何不能住在上海，我們決計不撤退了。」總董有一個壯麗的住宅，在靜安寺路，白色的房屋，外表有四個圓形的大柱子，遠望上去，簡直和白宮一樣。他愛騎馬，家裡有很好的馬廐。我最愛上他那一間日光浴室，四周靜悄悄地，從大玻璃窗望出去，有些鮮豔的花草。

有一位英國太太住在靜安寺路的滄州飯店中，她一住就是二十幾年。事實上，在這二十幾年中，上海新式的建築，不斷地矗立起來，一切設備，比滄洲要好得多，而她絕不願意遷移。據我的觀察，她是愛好滄洲的古老，大廳上穹窿式的嵌花玻璃屋頂，或許會使她留戀罷！寬大的房間，陳舊的佈置，以及窗前的老樹等等，凡是她所看慣的，都不願意改變分毫，但是，撤退的通知，終於使她離開了滄洲飯店，當走出房間時，不禁淌出眼淚來，她向侍者說：

「我還要來的，我還要這一個房間……」

侍者也為之黯然。

敵人最初進佔租界時，美英僑民都出於意外，恐慌達於極點，然而敵人保持一貫作風，不要馬上有所舉動，要慢慢地應付，譬如拿繩子把一個人套住，一步步的抽緊，最初使你不得脫身，然後越抽越緊，終於入了敵人的牢籠。工部局總董樊克令被挽留維持著，各部門英美高級職員亦照常工作，在第一個月以內，誰能相信敵人有第二步計劃呢？可是等待敵人佈置就緒，時機成熟以後，便毫不客氣地露出本來的猙獰面目，樊克令被通知告退了，其他英藉職員分別與敵人交換職位，就是英國人向來做總巡的，部下有一日本副總巡，現在敵人升為總巡，而英人反做他的副手。於是趾高氣揚的敵人，便板著面孔，指揮一切，英國人不得脫身，忍耐著，忍耐著。

然而這還是一種暫時過渡的辦法，等到在東京受過訓練的警官，大批到達上海以後，英國人做副手的資格都沒有了，就和其他許多外僑送入集中營。

事態的發展，差不多都是一樣的，工部局如此，其他美英所開設的大公司亦莫不如此，有計畫，有步驟，中國人所遭受的苦難，美英同盟國的朋友，也深深地體味到這一切。

現在要說的，是敵人怎樣對付外僑！

一、敵人怎樣對付外僑

美英在滬僑民過了二三個月的安靜生活後，一部份的幸運者由交換俘虜輪載運回國，其他暫時不能回去的，敵人在都城飯店設了一個外僑登記處，叫他們先把各個人所藏有的私人防身手槍，限期一律交出，好在工部局警務處有領槍執照的登記簿，按圖索驥，一根手槍都不會少，結果，手槍全部繳去了。

接著，又來了一個新花樣，敵人準備了許多紅布臂章，上面印著AB和X等字，A是代表美國人，B是英國人；而X則是代表歐洲參加聯合國方面的小國家。仍在都城飯店辦理發給手續，每一個外僑必須依著姓氏字母，分期限時，親自前往領取。同時，又規定：英美僑民除了在家裡以外，無論到什麼公共場所或者在路上行走，必須配上這個紅布臂章，否則即予懲處。敵人更限制了外僑的娛樂，就是自戴上臂章之日起，外僑不准到跳舞場，不准看電影。

實行戴臂章的前一夜，外僑的心胸真放得開，他們成群結隊的到跳舞場去玩一個痛快，因為自明日起，便不能再涉足了。開香檳酒，叫舞女坐檯子，猛抽雪茄菸，還要在每一個角落裡扳角子老虎，射擊電氣人和電氣飛機等等，總而言之，盡情地享樂，玩個痛快，可是他們真可愛，真守紀律，到了鐘鳴十二時，算是期限已屆，無論男的女的，個個取出紅布臂章，自動配上，悄悄地走出舞場回家。

有人說，敵人發給紅布臂章，具有深切惡意，其真正目的所在，是要唆使一群中國人在冷僻的馬路上，看見配有A、B符號的外國人加以毆擊，這作用在於引起美英對於中國人的惡感，不過，始終沒有這種事情，作忠實報導的新聞記者，絕不願意自貶人格，去誣衊敵人的。

隔了許久，敵人開始送外僑入集中營。

工部局有好幾所西童公學，房屋相當寬敞，在外僑撤退了若干批以後，學生已不甚多，僅有一百數十人。敵人叫這些學校停課，騰出房屋來收容外僑。每人只准帶一定尺寸的箱件，裝進了自己所必需的衣物。

中國人最寶貴的家具，為紅木所做的桌子椅子和客廳中一切古董，外僑家庭出的珍品，則是大鋼琴，照相機，沙發，與電器冰箱，無線電收音機和柔軟舒適的席夢思彈簧床，在外僑未被送入集中營時，先由敵人到各人家裡去登記所謂「敵產」，特別注意到貴重的家具。在每一件珍品上黏貼號碼，同時給予一張收據，這些被登記的物件，從此不得擅自移動。敵人無論「沒收」什麼東西，總得給一張正式收據，其意思是要等到戰爭結束時，再作最後之總清算。

現在戰爭就將要結束了，大家取出收據準備來清算罷！

大而笨重的家具是不得移動了，可是還有小的，更值錢的，或者尚可以移動的，美英僑民自然不甘放棄，但是自己又無法帶入收容所，於是有一回，在貝當路美國教堂裡，舉行過一次大拍賣。新奇美麗的晚服，款式入時的鞋帽，還有很多的日常用品，大批陳列著，佔了好幾間房間，不到兩小時，就全部銷售一空。

有若干美國人不願意公開出售他們的所有物，便揀最精細的用品，如茗具，名貴畫片，手錶等等去送給中國友人，作為紀念品，而那笨重的零星用具，則贈予隨從多年僕役們。據一個朋友說，說他有一個美國朋友，在西童公學教書，將去收容所的前幾天，在黑夜裡跨了腳踏車到他家裡去話別，在臨行的時候，捨車徒步而去，他說：

「這一輛腳踏車請你留下罷，做一個紀念……」

大家有點泫然，好久說不出話來。

還有一個美國人和美國副總統華萊士有同樣的癖好，他生平歡喜研究農產品，庭園中種植了高大肥碩的玉蜀黍，各種顏色的玫瑰花。他離去這可愛的家時，把初生長出來的玉蜀黍拔去，而正在吐露芬芳的玫瑰花，便移植到一個中國朋友家裡去。

集中營有好幾處，內容如何，不得而知。盟國的朋友們營裡的生活狀況，在報章雜誌中已多所披露，不再加以贅述了。

有一天午後，在沙利文咖啡館中，看見敵人的憲兵陪著一對英國老夫婦和兩個十餘歲的孩子來喫冰淇淋。英國人的臉上相當沉重而憔悴，孩子們還是歡天喜地，等到一杯水菓冰淇淋送到桌子上時，英國人才顯露了一絲微笑，但是一秒鐘以後又消失了。敵人的憲兵很靜穆地坐在旁邊的圓形沙發上，雖然好幾次請他也吃一杯，他再三婉轉地拒絕了。英國人配上了B字的臂章，是否剛從集中營走出，由敵人監視著，那就無法去探詢了。

大約外僑在集中營住了兩三個月，又被敵人遣送到揚州的美漢中學去收容，臨時徵集了幾十輛法租界的紅色公共汽車，把他們從集中營又陸續裝載到火車站，巡乘火車到鎮江轉送到揚州去。

關於教會的情形，除美英教士於交換俘虜時有一批歸國外，所遺下的職務，歸中國人管理，而西藏路上的慕爾堂，則已由敵人海軍佔領，作為他們分隊的駐營地。天主教方面，因為維琪的關係，比較不受什麼影響，並且有一部份美英國籍的耶穌會士，得因這種關係，暫時住在徐家匯的大禮拜堂裡，不送到集中營去。這是敵人順應天主教方面的請求而決定的所謂「寬大措置」，但是，每天上午，敵人一定要到徐家匯天主堂裡去點名一次。

雖然聖約翰大學羅馬圖書館中，被敵人借去了許多書籍，永無歸還的日期外，但是天主堂的藏書樓，卻完全無恙。據一個神父說，敵人也曾來過好幾次，他們應付的方法，是再三說明了這個藏書樓僅供給天主教方面參考，並不供開供人閱覽，試看這些拉丁文的古籍，已積滿了塵埃，即可以證明久不翻閣。敵人在裡面徘徊張望，一個看書的人也沒有，終於退了出去。天主堂藏書樓有一百年的歷史，珍秘的古籍，搜藏得不少，尤其中國各地的志書和七十年一套完整的《申報》。聽說耶穌會教士正準備建築一所現代化的圖書館，地點已經勘定了，大概必在國軍克服上海之後，才有興工之期。

神父個所享受的食物，已大不如前，各方經濟的支持，陸續斷絕，現在他們採取緊縮政策，一切比較昂貴的東西，已不復購致，而一碧如茵的草地，則已削去了四周，由神父們自己種植些玉蜀黍，番薯和蔬菜之類，以謀自給之道。

精神依然嚴肅，好像在另一世界中，神父們於午後飯罷，照例小睡一二小時，做不完的工作，慢慢地幹下去，到最後完成時為止，散心埸上，老遠地望過去，總有幾位道貌岸然，銀鬚飄忽的老神父並肩散步，腳步一點不零亂，來回往復，前進著，前進著。

德國人和意大利人，應該在上海享受特殊權益罷，但是並不盡然。

當義大利投降的消息尚未到達上海時，駐滬義軍已奉到本國的秘密命令，於黎明四時，將泊在黃浦江裡的佛田伯爵，先行鑿沉，因為下沉的地方水位不深，所以還有四分之一的船舷，露出於水面，敵人連做夢也想不到有此一著，因此，對於義軍極端仇視，第一步先把義軍繳械，第二步是將義僑集中在大西路上的義國俱樂部。後來墨索里尼逃出，敵人有點不好意思，便傳出一個非正式的通知，所有在滬義僑，凡是效忠墨索里尼者，可以恢復自由，這確定一個極難答覆的課題，義大利人終於不會送到集中營。

上海人本是富於神經質的，一聽到義大利投降的消息，便頓時轟動起來。在電話中不便公開，義大利投降，只說歐洲的鞋子店關門了，義大利的確像一隻長統皮鞋，布林的西是鞋尾，西西里是鞋頭。而狹斜如帶的本土，是鞋的長統。鞋子店投降給上海人以莫大的刺激，大家都希望德國不久潰敗，敵人亦隨之逐出，一時振奮歡欣，充滿了每一個人的心頭。

德國在滬的納粹份子，始終和敵人不和諧，中間好像隔了一層帳幕。納粹非但在東京活動，在上海也隨時釘住敵人，希望敵人和蘇聯立時有所動作，然而諾曼地所受的教訓不敢淡忘，與其北進不如南進。後來又做了一個夢，兩個軸心何嘗不願意到印度洋上去會師，但是作戰在於爭取時間，時間是無情的，不容許敵人有絲毫徘徊觀望的餘地。

納粹和敵人同床異夢，在上海各行其是，並且彼此互相猜疑，不曾看到有什麼合作的地方。還是幾個久居上海的德國商人有些遠見，他們認為戰爭的最後勝利，一定屬於同盟國家，德國悲慘的命運，無可避免，因是和中國人相處尚好，把所有的現金，如數花掉，去購些原料囤積著。拜耳藥廠經理的思想，尤其微妙，他說：「德國人何必開罪於中國主顧，為將來交易著想，我們還要和中國有往來呢！」

拜耳藥廠認定偽鈔是一張廢紙，他們把所有多餘的銀行存款，取出來做廣告，要使得中國人對「拜耳」兩個字，留下一個深刻的印象。去年夏天，他們定製了十幾萬柄的中國摺扇，照電話簿，行名簿和俱樂部的姓氏分送，在公共場所中，幾乎看見每一個人手裡持著拜耳的摺扇。

以我個人的見解來說，這一次的世界大戰中，在上海的外僑，以蘇聯人士處境最為優越。敵人恨得咬牙切齒幾乎要冒出火來，然而蘇聯的活動，照舊進行，一點不曾受到阻撓，敵人只得瞪著眼睛去看。

蘇聯的廣播電台每日要報告幾次戰事消息，攻擊德國人的言論，在收音機中狂吼著，德國人也反唇相識，可是大家不去理會。當史太林格勒德軍敗退時，霞飛路上，辛苦了幾個老年蘇人，手裡捧了報紙號外，邊喊邊奔，街心聚集了一大批人，慶祝這一個勝利。環龍路上禮拜堂的鐘聲，打入我們的心坎深處，我們是如何的感動呀！

政治上一切不同的紛爭，完全歸於泯滅，蘇聯人自動獻金，數目倒也可觀。此外，蘇聯方面於每日下午五時，又出了一小張英文的《每日戰報》，詳載蘇德間戰況和軍事觀察家精當的詳論，當然，在這小小園地中，我們不能看到敵人作戰的消息，但是在反面，我們時時可以讀到羅斯福總統和邱吉爾首相重要演詞的全文，而開羅和德黑蘭會議的簡短公報，也送入我們的眼簾中。蘇聯在滬的新聞記者也相當機智，曾使用技巧，我們很滿足了。

二、一個假想的上海巡禮

請你們閉著眼睛，掩卷尋思，隨同我到上海去作一個巡禮。

作者以導遊自任，從愛多亞路和平之神為起點，先沿著黃浦灘路一直往北走。抬頭先向黃浦江裡一望，靜寂得真可怕人，一隻大的輪船都沒有，只有幾隻小舢板，隨著潮水盪漾著。浦東的機房像古廟，往昔碼頭上貨物堆積如山，和許多忙碌裝卸的工人往那去了？遠遠地有幾株樹，依舊是一望蒼茫。

且莫歎息，再走幾步，不是英僑所組織的上海俱樂部麼？有數十年的歷史了向來是不允許婦女進去的。你瞧，門外大玻璃屋簷下不是有一個敵人的哨兵麼？鐵絲網遮在前面，幾乎佔去了半個馬路，網上懸了一個小木牌，走上前去一看，上面寫著：「行近哨兵前，切勿把兩手放在袋裡。」哦！原是如此。上海俱樂部的房子，格外顯得古老了，玻璃破碎了好幾塊，大約在這個時候，不會重行再裝配罷。

廣東路和福州路一帶的高樓大廈，好像沒有神氣，出進的人也稀少了，一切失去了活力。

應當在漢口路江海關多逗留一下。在這幾座浮橋上，不知道走過多少回數。全世界壯麗的大輪船到達上海，吐出了無其數的旅客，用小渡輪裝載，必須在這裡上岸。說不盡的旖旎風光，有多少人歡笑，有多少人啜泣，一幕幕像電影，在腦海中旋轉，最可珍貴的是過去，最不可捉摸的也是過去，現在一齊都浮泛出來了。然而眼前的景象呢？我們只能望見黃浦江中混濁的水。港務長辦公室中，向來掛著一塊輪船進出口的大板，現在板上空無所有，非但幾萬噸以上的船名，渺然不見，連駛行於寧波和漢口的小船，一個月中也不容易有一兩回。

江海關的大鐘高踞在最上面，一秒一分的飛馳著，它小視了上海人，這七、八年來的痛苦。算得什麼？在歷史上所佔的地位，不過一二頁而已！大鐘告訴你時間，總有一天，時間會降臨。歷史不是啟示你們麼？震爍一時的大強盜，到後來絕對要幻滅的。大鐘向著我們微笑，我們覺得渺小，有點自慚！

從海關到外灘公園的外緣，向來有一片碧綠的草地，在草地以外，沿江還放著很多椅子，夏天的夜裡，躺在椅子上納涼，可以望見隔江的燈火。現在草地完全化歸烏有了，反而在四周圍加上了醜惡的竹籬，裡面堆積了煤塊，有人可以公然走進去便溺。敵人不是很愛清潔嗎？為什麼把這一塊清靜之地，弄得這個樣子？

慢慢地前進，已走到外灘公園，水上飯店改了裝，穿上了灰色的衣裳，在入口處站著一個敵人的哨兵，原來這一個小小的浮船，也給敵人們佔用了。

外灘公園並未改樣，葱籠的大樹，歡迎我們歸來，草地最可憐，東面缺一塊，西邊有一個洞，簡直是個癩痢頭。音樂亭漸漸坍坦，回想往日貝多芬交響曲的演奏，空懷悵惘之情。

向西面張望，長椅上坐滿了遊客，敵人解開衣領，躺在長椅上納涼，樣子不十分雅，誰還管這閒事？流浪的猶太人最多，肚子隆起，衣履也顯得異常狼狽，肥碩的女人們，當然談上修潔，可是他們還能夠隨遇而安，歡天喜地的在大樹蔭裡談笑。

大家不預備跨外白渡橋到虹口去，因為導游人自已並不曾去過。從公園走出後，便折回到南京路。是近晌午時分了，先到惠中飯店去吃一頓午餐，一切陳設仍舊，侍者還有點相識，招呼我們到一只檯子上，看看菜單，只有一湯一菜，一盆點心和一杯咖啡，其他就一無所有了。

麵包帶一點酸味甜醬似乎不甚新鮮，牛油當然無從索取了。菜湯上浮了一層薄油，好像呷清水似地。菜是一塊羊肉和很多的蕃薯，看上去只可以把肚皮裝飽，點心很渺小，形式同自來火盒子一樣，用不著細嚼，只須向嘴裡一送，隨既自動下肚，咖啡與泥漿相同，氣味令人難受，只得放棄了。

這是敵人所常說的戰時節約，東京絕無此種好菜，我們一致相信的。

和惠中飯店望衡對宇的華懋飯店，沿馬路一帶不是很多高貴的店鋪嗎？現在無影無蹤了。新開了一家「東洋御料理」。冷清清地，只有三只檯子上有食客，自遠處望去，不像中國人。

先經過別發西書店，走進去使我們吃驚，一本新書都不見，只有很多古老的小說，信紙、信封、撲克牌、名勝畫片和大量的墨水瓶。敵人不要這書店，但是把一間印刷所接收去了。

惠羅公司的櫥窗，尚稱充實，不過好東西已完全沒有，所代替者，全是東洋運來的敵貨，只須取在手裡試一試份量，既單薄，又蠢笨，馬上就可以辨別出來是敵人的出品。對面的福利公司，簡直沒有東西可賣了，舊領帶存得不少，從前一元一條的，現在要售一百數十元，此外有幾只帽子和一些白色的羊毛衫。

再往西走，經過了許多中國人所開的衣料店，食物店和皮鞋店，一切都沒有改觀，不過店伙多於顧客，操著手向外面張望，顯得一般人的購買力，是薄弱到什麼樣子，上海任何商業已到無法維持的地步，表面上的繁榮，遮掩不住黯淡的跡相。南京路上還保持相當熱鬧，人特別多。敵人的舖子，並未曾發展到這個區域來。

到了南京路最繁盛的一段——日昇樓，先後訪問了先施，永安和新新公司，顧客少而遊人多，新奇的貨物已絕跡，現在所陳列的，五、六年前殘餘下來的東西，不過因為偽幣不值錢，這些貨物的標價，異常驚人，結果成為櫥窗裡的裝飾品，大概永久不會有人問津的。當然有新的物品，補充進去，但是品質比從前要差得多了，外國貨不必說，中國的土產，從華北運到上海，同樣困難，所以百貨公司的內容，非常空虛。在永安公司買一只麵包，店員就給你一只麵包，絕沒有紙張替你包上的，因為這是憑證購買的配給麵包，公司不能賺得分毫利潤，所以不情願白送掉一只紙袋。

跑馬廳維持著舊態，大鐘下面多了兩行標語，看了真厭惡，也就不寫出了。跑馬總會辦公室的窗子一律漆為紅色，熱辣辣地刺眼，敵人恐懼空襲，從這種地方到處可以顯露出來。一碧無垠的草地，鮮艷耀眼的花木，那樣不和從前相同，只是多一個敵人的哨兵，守在大門口，會使你掃興，真是同樣境地，兩樣心情，別再流連罷！

是下午五時了，我們意興闌珊，不要再往前走，但是，兩旁的商店，也全部關了門。十分鐘以後，這繁華超越全國的街市，竟靜寂如死，這一個整天便過去了。

第二天早上，漫無目的地在靜安寺路卡德路閒逛，或許是正降著濛濛細雨。大約七點半鐘光景，電車站口立滿了很多人，毫無秩序的一群，正在等電車，大家很焦燥，有十五分鐘的光景，才看見一路電車開到。車子裡擠滿了人，委實再不能容納了，但是大家還是往上擠，年輕的，力壯的不顧一切吊著銅槓，跟著車子走，賣票人用力拉鐵柵，將這幾個人邊推邊罵，開車的開足速率向前面飛馳，並不注意這些，上車不得的乘客，終於被推下去了，險些兒送掉了性命。

等車的愈來愈多，車子還是無法容納，上海的交通，是怎樣困難呀！公共汽車及兩層的大型車，完全被敵人沒收，就靠電車來維持交通，而秩序又這樣壞，以是被撞傷致死，是很平常的事了。

坐人力車是一件豪舉，「一滴汽油一滴血」坐汽車更是夢想了。雨漸漸大了，馬路上積著水，在派克路左近，敵人軍官飛馳著一輛汽車，將水花濺在我們的身上，馬路也失修已久了。敵人也一概不管。

到兆豐公園去重溫舊夢罷！進了大門一望，那斜坡形的草地上，不是有偽軍正在操演麼？草皮被踐踏真像受了重創，比外灘公園還要醜陋，看上去，極不容易恢復原狀。那裡來的這許多敵人的孩子，在草地上打滾。所幸蒼翠的長松，依然無恙；而林木深處，可以聽到布穀鳥的聲聲呼喚。還是裡面的一部份較為清靜些，小橋流水間，榴花紅似火，這都是以前工部局公園管理處苦心經營得來的，我們有點悵惘，還是早一點走罷！

每一條馬路上有木頭做的亭子，裡面站著青年人，有的穿西裝，有的著短衫，手裡握著短木棍，還有一段繩子，肩上掛著一個警笛。你不必少見多怪，這是上海的保甲制度，每隔若干地段，就有這樣一個站崗亭，凡是年輕的壯丁，在敵人淫威之下，每星期要輪流站崗的。木棍是敵人所規定的武器，那繩子則用以封鎖馬路。

中國有句古話：「只要不做虧心事，夜半敲門總不驚。」現在是適得其反。你在任何夜裡，尤其是黎明的時候，假如聽得敲門聲，那一定是敵人來搜查了，至於你是否做了虧心事呢，敵人是不問的。

在上海做人不容易，一切都已失去保障了。

這就是現在的上海，你們於掩卷尋思之餘，覺得這一個巡禮如何？

三、虛偽的宣傳

敵人一進了租界，第一步重大工作，是「聯合」中國人發動「驅逐英美運動」。一齣《江舟泣血記》的話劇，就是描寫英美如何虐待中國人的故事，在大光明影戲院上演，免費的入場券四處贈送，觀眾果然坐滿了。在最後的一幕中，有一句口號，是「把英美趕出去」，要接連喊三四聲，表示極度憤慨的意思。但是中國演員和數千觀眾在喊口號時，卻改為「把他們趕出去」，這個「他們」，正是針對著敵人。

在跑馬場又舉行過一次「上海民眾大會」，事先通知各家商店，必須派人參加，否則要嚴厲對付，但是誰願意去呢？有許多公司只得請工友們去辛苦一趟。參加的人卻是不少，然而穿短衣服的竟佔了一大半。當青天白日滿地紅的國旗徐徐上升時，全場的上海好國民一致熱烈鼓掌，而敵旗拉上去的當兒，除了敵人自己拍手外，中國人寂然。

不過敵人的宣傳方法，相當利害，譬如說這一次所開的「上海民眾大會」，他們派人到場攝製電影，任意加上有聲有色的字幕，說上海民眾是如何「衷誠的擁護」，用以欺騙無知民眾，用以欺騙自己國內的同胞。

一切的宣傳是虛偽的。

某日午後，——大概這時印奸鮑斯已到上海——在南京路上看見有一百餘穿紅戴綠的印度男人女人遊行，在行列的前面，敵軍官騎著馬領導，還不時喊著口號，當時有點莫明其妙，事後一打聽，這許多印度人全是工部局警務處不穿制服的巡捕。

第二天在大陸新報上看見照片，原來就是印度人「反英」大遊行。

我們又常於報上讀到英美俘虜在集中營感謝敵軍的文字，不知到是真是假？

敵人又特地寫了一本劇本，題目是「和平運動」，要叫電影從業員正式開拍，稍有血氣的男女演員，誰肯幹這勾當呢？然而一切是決定了，沒有挽回的餘地。有一個聰明的演員臨時想出了一個對策，他說：「當一槍擊斃一個所謂『和平烈士』時，觀眾必定要怪聲叫好，這個『叫好』，還是贊成打漢奸的成份多而擁護『和運』的成份少，與其拍一本不生效力的電影，不如免了罷！」這個消息傳到南京，偽組織也表示贊成，結果這一本電影是打消了。

四、上海來客之言

我們於三十二年年底，到達重慶，日月飛逝，在山城已住下七個月了。隨我們之後，陸續內遷的同事，朋友和親戚，幾乎相望於途，每一個月總有一二個人，傳來的上海消息，和我們所知道的相啣接，所以我們並不隔膜，據這幾個上海來客所言，上海的食糧，已發生嚴重問題，敵人在東南一帶產米之區，搜括大宗米糧，足以維持敵人軍糧十五個月之需，整個的數字雖不可知，但在數量上講，當然極可觀了。敵人或者已知道自己的命運，尚能維持十五個月，所以也搜括了十五個月，其實照眼前情勢來看，敵人是否能維持十五個月，尚在不可知之數。

敵人搜括鉅量「軍米」，當然市面上立刻發生極度恐惶，黑市米頓時增加到一萬餘元一石，有錢的人紛紛囤購，大家岌岌不可終日，好像馬上要發生什麼嚴重問題似地。最痛苦的是薪水階級，每月有限制的收入，一時並不能籌劃鉅款來躉購，自己的生命，事實上無法珍惜，只好等上帝代為主宰。

發給戶口米，只有上海一處，其他各地，則任其自由發展，譬如以杭州說，敵人辦了一個合作社，在那裡可以買平價米，不過是無法買到的，反而給一般職員以發財機會。杭州是被搜括「軍米」之區，市面同時波動起來，米商無米可售，敵人明知一般趨勢是應該如此，但是還要惺惺作態，竭力說明米的供應，毫無問題，把許多米商拘捕起來。這種嚴重局面，如果發展到極端，就是敵人被逐出的時候了。

有人說，黃浦灘路匯豐銀行門口，有一對大銅獅子，雄踞在兩面，倘若敵人搬走銅獅，即是敵人崩潰時期的到臨。在「交還租界」的前幾天，兩租界所有的銅像，已全被取下，美其名曰「剷除英美」，但是這幾噸銅呢？還不是搬運到虹口去。果不出一般人的預料，敵人現在已將匯豐銀行的兩隻銅獅子搬去，大概自知末日到了。漢奸侍候主子，無微不至，已「倡導」了所謂「獻鐵運動」，這些從上海傳來的好消息，已充分說明了敵人的資源枯竭，屈膝的日子，就在眼前。

在虹口方面，敵人又把英商怡和紗廠改作兵工廠，即以在中國所搜括的銅鐵去作原料。凡此種種，都使得上海人難以忍受，這血海深仇，必有一天，要作整個清算的。

敵人深切恐懼美國強大的海軍，會有一天在乍浦登陸的；而南黃浦和金山衛一帶，是最衝要的區域，不得不作萬一之準備。於是派遣了許多軍隊，在這些口岸做工事，其實敵人亦無法抽派重兵，只得由若干患著思鄉病而且毫無鬥志的海軍陸戰隊去住扎。敵人聊以自慰而已，美國強大的海軍是要直取上海的，不一定選定乍浦，或許用不著登陸，敵人自己先已逃潰了！

義國郵船「佛田伯爵號」斜沉在黃浦江中六個月，敵人真眼紅，時時刻刻想把它打撈起來，但是沒有這樣偉大的人力物力，並且四周圍極其狹窄，工作不敷開展，於是一直拖延著。最近據上海的來客說，敵人已正式開始打撈了，從東京來的幾個所謂「專家」，負起這個責任，他們不從浦東方面著手，是用極長極長的粗型鐵鍊，在黃浦灘路上一家大房子前為基點，把鐵鍊圍繞在房子四周的墻基上，一面在黃浦江中駛來大型的起重機，拉了很多中國人，在那裡流血汗。據說，這一艘義國郵船在浦江中浮起了一些，那鐵鍊也收緊一些，這個工作需要很久的時間，不知現在究竟怎樣？

上海人有一種矛盾的心理，大家常在說：

「我們不曉得幾時才吃著花旗橘子呢？」

「大概不久罷，長江中不是每天從天空墜下罷！」

「頂好送到江口去……」

「不一定，香港是前車之鑑，那最壯麗的滙豐房子，不是也毀了麼？」

「那麼……，」

「個人的生命，總容易保全，你何必為自己打算呢，民族至上，勝利第一，早一天來，早一天好。」

「那麼，在什麼時候才可以來？」

「當然先儘量往東京輸送，上海還得遲一點。」

「哦！」

這些對話和許多不同的意見，隨時可以聽得到。整個上海是日在焦灼等待之中。

〔附註〕當此書正在排印時，是八月八日，空軍果以花旗橘子送到上海了——炸彈。

第九章
千山萬賦水歸來

回想到民國三十年的冬天，躲藏在法租界的小公寓中，我們要到大後方來，是何等迫切，然而一切阻礙擺在前面，沒有衝破的餘地。三十一年，出於意外地，過了一年的「俘虜」生涯，經過的事實。我已在第五章中敘述得很詳盡了。

三十二年閒居在家，便時時刻刻的想離開這魔窟的上海，白天出外，和幾個朋友談天鬼混，下午必到粵式茶室品茗，一坐就是幾個鐘頭。可是一到晚間，我個人獨坐在書室中，便極力思索，用紅鉛筆畫路線，計算從那一條路走。差不多每天晚上都是如此。自從徐蔚南先生離開我們後，曾經收到過兩封信，他說在人鬼交界的地方，沒有什麼麻煩，很坦然地通過了。

走，是決定了，眼前的事實就有幾個：第一，走的技巧問題，我的家，住在上海二十多年，是現在寓居的地方，大約已九年了，如何把許多東西搬光；搬的時候，如何才不引起人家注意？第二，我全家六個人，這筆鉅大的旅費，以什麼方法籌措。第三，多年相處的朋友，不時到我家走動，還是坦白地說明呢，還是一個都不通知？第四，如何與大後方的朋友取得接觸，方可以在途中得到便利？

這些問題，天天在考慮，天天沒有結果，因為問題太多，世上那有想得十分周到的事情？時間過得真快，春天領著小孩們放紙鳶，一眨眼，綠了芭蕉，紅了櫻桃，又是端陽時節。夏天在悶熱中過去，月圓月缺，不知道望了好幾回，光陰飛也似地前進，未肯為我們稍留餘地，中秋過後，是已涼天氣未寒時，還等待些什麼呢？

等待自己的決心？

一、怎樣離開孤島

無須再行遲迴審慎，惟有即日去做，做一步是一步，這是三十二年九月底個人所作的最後決定。

白天的生活依然，游蕩和品茗，未曾間斷過一天。晚上開始工作。電火通明，會忙碌到深夜。

望著書就發愁，不知如何處理方好，根本不想出賣，也不願意送人，書的愛好，眾所同俱，當然要妥慎保存起來。開始繕製目錄罷！真想不到，會在這個時候，利用機會，把我所有的書，作一個總清算。說來也真可憐，我所有的書，在數量上說，真是貧薄得很，還不上萬卷，在內容方面說，好像是一家小書店，什麼東西都有一點，這是以反映我做過十幾年的新聞記者，學無專長，僅能搜集些普通的讀物而已。

我一點不敢存著奢望，要把自己的書編成一個目錄，時迫心亂，那有此種閒情？我的方法很簡單，完全是適應需要的整理，把書架第一格的書全部取下，邊看邊抄，抄好後，在目錄上註明這是某書架的第一格，接著第二格第三格，……以至於最後一個書架的末一格為止。

在一個書架出空以後，就把它送到朋友家裡去，接著，又用被單把這書架的書包好，陸續送往，在晚上，我再親自前去，根據已抄的目錄，用還原方法，使這些書各歸本位。對朋友不麻煩，我自己也放心，並且和每一本書都握過手，只等待不久之將來重行聚首了。

送書，送書架，都在早上和晚間辦理。大約整理書籍的工作最艱鉅，花了我十多天的功夫，才全部結束。有許多零星的畫報和雜誌，原預備論斤出售，後來被一朋友看見了，竟視同珍寶一樣，叫僕人用車子裝了去。

書籍部份，很順利地按照計畫告一段落，又望著零星的東西發楞。事實上，大的家具並沒有使我為難，因為無論桌子椅子怎樣大，總容易檢點，容易處理的，而零星的東西，就麻煩了。一盒印泥，幾方硯台，一個水盂，一尊小菩薩，兩只墨水瓶，幾只小鏡架，再加上一只檯燈，這僅僅乎是書桌上的一角，看了已經大傷腦經，何況壁上的，書架上的，還有客室，臥室，餐室等等，真是頭緒紛繁，如何著手？

這些身外之物，棄之未免可惜，不知道在平時，為什麼要陸續買回來？但是，不能不振作精神，把它們好好安頓。我和太太分工合作，她所負的責任。是整理衣服和瓷器，孩子們仍在上學，只有我們兩個人在家裡張羅料理，僕人們也無法相助。就在此種有步驟的程序下，把若干小的，零星的東西陸續肅清，衣箱也一只接著一只送出去，家裡只有大的家具，四面張視一下，心裡有說不出的空虛之感！

書籍，衣箱，書架和一切小東西，用包裹及籐籃在人力車上輸送出去，並未引起注意，其實，這完全是個人心理上的作用，左右鄰居或根本未嘗關懷。大的家具，也陸續接洽寄存，到最後，只剩下幾張臥床和隨身攜帶的衣箱及行李而已。

一共忙碌了三個星期，大致全部妥貼。在紛忙的時期中，我出售了一只北極冰箱，一只萊卡照相機，一部份家具，又將房屋和許多無法寄存的日用必需品，頂售於一個同學，他是經營股票的商人，可以信託。我說，因為上海生活程度太高，兼之閒著無事，只有移居到鄉間去了。

總之一切非常順利，出於意外地能夠按照時間及計畫進展，合乎我的理想。

以出售東西的收入充旅費，大概也勉可應付了。在離開上海的前二天，始分別訪問必須要通知的幾個人。寫到這裡，我真有點抱愧，有許多同事和極知己的朋友，臨別匆匆，均無法相訪，其最大的原因，是怕置酒送行，有一番酬酢，反而張揚出去，或者臨時發生阻礙。

我們一家六人，嚴先生一家四個人，加上同事戴再士君，一行是十一人。。還有一位熱心的同事，為我們料理行李，一直伴送我們到自由中國的場口。到屯溪後，臨時加入與我們同行的，有朱君和張女士，共是十三個人，登山涉水，一直來到重慶。

應得將日期寫得清楚，這是民國三十二年的十月廿四日，我們於細雨濛濛中，到北火車站集合，對於這可愛可憎的上海，一無依依惜別之情，至少可以說，在此時真不足以留戀了。

到站是六時四十分，距離開車時間——十時——尚早，站門口立著兩個武裝的敵兵，還沒有開始容納旅客入內，原因是敵偽的檢查員須等到七點鐘，才開始搜括式的「辦公」。

在空地上立著，進站就不是一件容易的事，如果按著次序，靜候敵偽們的「搜檢」，恐怕今天絕不能夠動身，因為有無數的販貨物的「單幫客人」要到蘇州、無錫、要到松江、嘉興，行列排得那麼長，他們從半夜裡就來「站班」，如何會輪到我們？真要順著次序，我們就當站到寶山路口。

但是，有幾個旅客，竟然公開地走進去了，並不需要排班。

由於旁人的指點，每人進站的代價，是偽幣一百元，時間不容許多猶豫下去，交了買路錢，隨著「領路的」向前走，敵人好像視若無睹的樣子，偽警則在注意人數。大批行李，交「紅帽子」辦理，也是需要大量的偽幣。

車廂裡擠滿了人，連立足的餘地都沒有。

汽笛長鳴，車子漸漸地蠕動了。我默默地祈禱著：「敵人驅逐出境之日，我們大家都回來了，希望上海別以一副新的面目來歡迎我們。」

我們便悄然離開孤島！

二、跨過了「警戒線」

到杭州就生病，一連睡了六天，大概是在上海過於勞頓的緣故罷！但是事實上，在這六天之內，我們根本就不能走，因為跨過「警戒線」，必順要經過種種的布置。

我們所採取的路線，要出鳳山門或清波門，經過淩家橋到社井，渡錢塘江——就是所謂警戒線，走過東洲沙，二渡錢塘江，到達臨橋，步行至大源，便是自由祖國的前哨線了。聽說敵人在城門口檢查很嚴，常會發生意外地事情。在出城時，尤須設法一張敵偽「通行證」，打聽路線，叫人買「通行證」，這樣把行期拖延下來。

在第四天早上，一個被偽幣驅使而失去魂靈的偽「警官」，拿了一疊印有紅戮子的空白「通行證」，很神秘地和介紹人一同來到旅館。一套迫於衣食不得已而投偽的鬼話，要我們表示一點同情，偽「警官」的內心亦不無慚愧之處。

他親自為我們填寫，相當熟諳而幹練，於是我們這一群人全是杭州的市民了。我的家住在所謂「小河口東市梢」，而職業是「雜貨商人」。當他每一張取去百元的偽幣時，先檢點一下總數，然後假惺惺地說：「中國人誰不願意幫中國人？」但他又很急切地聲明，這些酬勞，要分給弟兄們的。

偽「通行證」雖然到手，但傳來的謠言還是那麼多，往來這一段的商人親身經歷著，說這幾天敵人又遭游擊隊襲擊了，敵人正在天天盲目搜索著，大家不得不稍具戒心。一個曾經在上海犯了罪而現在流浪到杭州的地痞，穿著不挺的長袍，兩只雪白的內衣袖，捲在外面，簇新的呢帽，歪戴在白相人所認為最適當的標準角度上，由於幫傭的介紹，出現在我們的面前。

他願意送我們一程，到「警戒線」為止，詢明了人數和行李的大小後，他負責為我們僱一部大卡車。他又建議不必從鳳山門和清波門出城，因為這兩處是渡江的捷徑，敵人非常注意，何況你們人數既眾，行李又多呢？最好從裡面湖邊繞一個大圈子，取道錢塘門到凌家橋。他切實聲明，他的能力，只能從旁相機行事，並不負保險責任，敵人詭詐百出，或許臨時有新的花樣，不過，以常理測度，應該安然走過。

一切談妥了，卡車的代價六千，「買路鈔」五千，另外還要備五十包廿枝的大前門香煙。事後據老出門的說，這是一個大騙局，就是敵偽要「買路錢」，也無需這麼多，杭州到凌家橋的公路，短短地不足十公里，為什麼要六千的代價？後來又有事實證明，我親眼看見，有許多小的「關卡」，他先跳下車，向偽警手裡塞了一包煙，並不曾給他一個錢。可是大小十三人，行李三十六件，這最後的一道鬼門關，為妥慎起見，大家主張花一點寃枉錢，在心裡上安定得多，我個人也未便堅決反對。

十月卅一日的清晨，在西湖濱集合，個個穿上長袍，戴了氈帽，自已意識是一個小商人了。其實我們化裝的本領並不高明，服裝固然可以支配身份，但是各個人的言動和面部的表情，並不能夠全遮蓋了一切。踏上了露頂的卡車，塞足了人和行李，達到飽和點，臨時又有好些人搭車，真是一幅逼真的流亡圖。

那有閒情去眺望西湖，片刻間已馳到錢塘門。

車子停下了，我們拿著偽通行證向檢查行人的出口走去，保鑣在執行他的職務，站在偽警旁邊，用眼睛和表情代替了言語，我們確實沒有聽到一句盤問或遭受些微的搜檢，很順利地走出了檢查口。但是一整車的行李，依舊停在馬路的中央，兩個敵人和四個偽警正粗魯地挖開我們原已開啟的箱子，凌亂地翻著，我們一群站在老遠的西湖邊呆望著，靜待事態的發展。想像得到的事情，終於發生了。

一個偽警慢吞吞地走近我們，粗野地問：「那一位是行李的主人，憲兵在問。」我們一行中的兩位同事，只得挺身而出，敵人開始盤問了，操著不純粹的國語。

「這車的行李是你的麼？」

「一部份。」

「你到重慶去？」

「不，通行證上不是明明寫著到富陽麼？」

敵人看了「通行證」，自言自語的說道：「探親」。

「探親為什麼要帶這許多行李？」敵人開始嚴厲詢問了，圓睜著兩只眼睛。

「不是告訴你麼，只有一部份。」

「你親戚住在富陽那裡？」

「在富陽直街……」旁邊的一位同事很有機智，立時脫口而出。

不過敵人始終懷疑，把這位同事扣住了。

我們呆呆地站了半小時，真好像一個長得可怕的時間，然而焦慮惶急，無補於事，如果自動去營救，也許會增加事態的嚴重。我們徘徊在西子湖畔，等著，等著。瞧敵人又自己在上車查行李了，把所有的箱子，一齊打開。其實我們沒有片紙隻字，只有衣服，只有半新半舊的衣服。

焦慮，惶惑，忿恨，咀咒，交織在心頭。

足足躭擱了一小時，後面又陸續來了兩部卡車，等待檢查，於是我們的卡車總算放行了。敵人惡狠狠地揮一下魔掌，被扣的同事也安然歸來。

車子重又疾馳，向錢塘江大橋進發。

我坐在行李上透一口氣，開始領略到西湖的壯麗。

在錢塘門到大橋這一段中間，從車上望下去，白堤和蘇堤劃分了整個湖面，四圍的山色，淡綠的湖水，於樹木掩蔭中，再加上高下參差的亭台樓閣，真是一幅立體式的西湖畫面，坐在划子裡瞻仰不到，站在吳山第一峯也眺望不到，我還是第一次體會到這樣美妙的意境。

心裡有點悵然！明年可望歸來罷。

一路上並沒有別的麻煩，很快地到達了凌家橋。保鏢的責任到此終了，在小茶館中給付酬勞，我們固然感謝他，同時也有一點鄙夷之心。

凌家橋到社井這一段，我們坐了十幾輛人力車。

天氣是已入深秋了，鄉間的景色，還是那樣誘惑人，車子慢慢地前進，望見蒼翠的遠山，高的，矮的，山峯上點綴著幾簇淡淡的雲。一路盡是溪水，從崗巒上流下來，不管三折還是四折，那麼有情趣，那麼富於詩意，想不到富陽的鄉間，有這等好的地方。最逗人的，是那些紅樹，軀幹相當偉大，獨立在田中，樹上的葉子，全是鮮紅的，而四周遭的環境，又是蔚藍和濃翠，格外顯得好看。紅樹並不排列成林，走上一段路，會看見一株，或者遠遠地在矮坡上又是一株，只覺得襯託的美妙，並不嫌其過分濃艷。秋光會使人陶醉，尤其是剛自黑暗中來的我們，幾疑置身世外桃源，內心的愉快，是無法形容的。

真如舊小說中所言：「一路貪看景色……」不知不覺地已到了社井。

到了社井，僱挑子擔了我們的行李，乘小船渡錢塘江，這時我們還是惴惴然，因為敵人發覺了，會用機槍掃射，幸而一切很平靜，半小時後，到達東沙洲。

東沙洲是錢塘江中的一個綠洲，好像崇明島之於長江，完全是四面環水的一塊陸地。我們上岸後，要徒步橫過這個島，什麼交通工具都沒有，女太太和小孩子跨著大步，和我們一齊前進，興緻增加了精力，大家沒有覺得萎頓。可是島上並不寂寞，竹籬茅舍，處處桑麻，還有低矮的茶樹，濃綠高大的竹林，一切顯得幽靜和諧，這裡雖在前線，但是和淩家橋比較，好像是兩個世界。

一小時後，又到江邊，再乘小船，不過花了十分鐘的功夫，我們這一群人踏上了自由祖國的大地——臨橋。

我們跨過了所謂「警戒線！」

「你們辛苦啦！」當我們到達臨橋岸上，一位穿著並不十分整齊的便衣壯士帶著熱情的口吻慰問我們。

驟然遇到意外的慰藉，我們感激得不知道怎樣才好，接著，便衣壯士取出高章，說明他是便衣士兵，負責搜查奸偽，我們於肅然起敬之餘，也告訴了我們的來歷。他很和氣地抽查了兩只衣箱，很有禮貌。他說：「這是我的責任，請你們原諒……」

在落日餘暉的錢塘江畔，氣候如此美好，大家對於這第一個遇到的壯士，有說不出的親切之感，當告別時，他鄭重地說：「此去已無敵蹤，你們可以放心了。」

感動的幾乎要流出眼淚來。

我們昂著頭，挺著胸，邁步前進，在孤島六年來所受的創傷，到今天才受到一點撫慰，早上敵人猙獰的面目，也忘記得乾乾淨淨，雖然一路上碎石子創傷了我們的腳底，是我們卻沒有覺得。

薄暮時分，走到大源，在一個布莊裡，借寓了一宵，把身畔所有的偽幣，掃數取出來，在這裡換了國幣。偽身份證也付之一炬。

晚上，在小餐館裡舉行了一個盛大宴會。

這一夜，就睡在一間很大的地板上，打地舖還是生平第一遭，日間走了三四十里路，大家都感到筋疲力竭，一躺下便呼呼入睡；並且睡得格外酣適。

一覺醒來，精神煥發，我們在自由天地裡開始長征了。

為了昨天整日的徒步辛勞，太太小孩們再也不能舉步，於是僱用了竹兜——就是和重慶滑竿差不多的竹轎，向塲口進發。沿途蒼翠的峯巒，幽深的竹林，叢密的茶園，環繞著我們的前後左右。

在四圍山色中，緩緩欣賞，深深地體會到人生的意味，漢奸們在侷促的租界中，朝夕奔競，伺候敵人的顏色，真是何苦？如果叫他們到這裡來旅行一次，或者會羞慚後悔罷！然而，這些沒出息的東西，何足以語此，讓他們做時代的渣滓罷！

中午，到達塲口，一個極度繁榮的小市鎮，是浙西和淪陷區間唯一的門戶，街上熙來攘往，什麼東西都有，可是找不到一家較為清靜的旅館，沿著河邊，一排停著許多到屯溪的屯塲快船，我們就住在船上。

我們一位熱心同事，伴送我們到塲口為止，就在明天，要和他分別了。一路上承他的照拂，使得大家省去了多少麻煩，所謂「潭水桃花，故人情重」，這位朋友的熱忱，在我腦筋中，留下一個不可磨滅的印象。晚上，我們在一家小店中，為他置酒送行，大家舉杯恭祝最後勝利的早日來臨，情緒甚為熱烈。第二天上午，江干話別，大家都有依依不捨之情。

三、青山碧水畫中行

塲口到屯溪的水程，是五百六十華里，往昔從屯溪可以直達杭州，徽州人出外經商，大半取道於此，這卻是一條艱險的旅程。我們憧憬著美麗的富春江，並不恐懼過灘的駭人，事實上，我們以後看到許多的灘，嘉陵江上游，水急灘多，其危險的程度，準會比富春江還要勝上十倍吧！

十一月二日，從塲口啟碇，水色山光，都到几席。我常冥想古人描寫泛舟的樂趣，艙中一榻一几而外，還陳列著不少圖書，對於窗子的構造，也特別講究，有人要把它做成便面式，自內外窺，好像一幅幅的山水畫圖，在眼前掠過，而急雨敲篷，尤可以增添不少詩料。

我們所坐的屯場快船，從外表看來，尚稱得體，不過艙裡沒有几席和圖書，更沒有便面式的小窗，而是兩層的舖位，面對面的排列著，一共有十四只舖。此外，有兩只矮小的桌子，供吃飯之用，並不能吟詩和畫山水，我們要眺望景色，只有到船頭上靜坐，自己有點好笑，此時此地，還談什麼風雅？

船主的家庭，值得在這裡介紹，他有將近七十歲的老母和年輕的妻子，一個五、六歲的女孩，怪惹人憐愛的，此外，有四個夥計。在灘高水急處，除掉小女孩外，每一個人都是和水搏鬥的戰士，而他的老母尤其指揮若定，是全船中一個舉足重輕的人物，她和我談了好幾回，她是如何感傷她已經逝去的老伴，她勸告青年人要刻苦向上，眼前有力的證明，便是我們所坐的船，是她一生辛苦經營而得的。她崇拜蔣委員長，要趕快驅逐敵人出境，等我們回來時，可以坐她的快船一直到杭州。

腦經中浮起這老主婦的輪廓，額上的皺紋，繁而且密，是告訴人們，她有數十年的生活經驗，慈祥的眼睛，向四處投射，是她內心純潔的表現。她希望下一代好好地謹守其業，還要比她自己更好，當每夜夜飯剛罷，她逗著孫女玩笑，是一日間辛勤的酬報。我常發生感慨，這是「愛」的表現，中國的賢妻良母，像這個老主婦一樣，無論在窮鄉僻壤，恐怕隨時隨地可以發現。我們就靠這一點美德，我們要如何發揚些偉大的「愛」呀！

第一夜，船泊在窄溪，致電屯溪馮有真先生，請他來電證明我們的身份。此夜，新月一鈎，斜掛在天際，遠處山色，為濃霧所籠罩，煙水迷茫，好像在夢中。

次晨，有一絲雨意，過桐廬上岸，購些魚肉佐餐。這裡曾一度遭敵人蹂躪，瘡痍滿目，原氣未復，光景很是凄涼。

下午，天氣晴好起來，我們便進了富春江上的七里瀧，是在青山碧水畫中行了。這真是一幅畫，我們是畫中人，大家坐在船頭上，四周靜悄悄地沒有一點聲息。四圍都是山，重重疊疊，一望不盡，遠山的顏色是灰紫的，近山則一望蒼碧。在這些灰紫和蒼碧的山巒間，綠水好像被擋住了，其實走到盡頭，船一轉灣，又換了一個境界。有三五遠帆，便向這些山窮水盡的地方行去，倏忽不見了，等到我們的船繞了一個彎，遠帆還在前面。

這就是所謂七里瀧，是具體而微的峽谷，不過這裡的峽谷是舒展的，沒有像揚子江裡的峽谷，兩岸峭壁，不見天日的陰森氣象。因為兩岸舒展而又有曲折迴環的境界，所以景色隨時更換，好像展閱山水長卷，非一覽即盡的。

江水極淺，都是碧綠的顏色，水底的鵝蛋石，歷歷可數。近岸的水還要綠，像一條綠色的錦帶，一路舒展開去。

我們向遠處眺望，向近處看，都是畫境，幾乎每一個角落，無論幾塊石子，一叢小樹，都可以攝入鏡頭，或者繪一幅畫。

四個船伕揹纜索，踏在白鵝石所鋪成的淺灘上行走，一路有淺林短樹，和綠意陰沉的竹園，總之，便你毫不寂寞，而四周圍所更換的景色，點綴得那樣有意思，會使得你驚呼起來。這裡也有紅樹，比在淩家橋至社井一段所見者，還要襯託得好看，還要艷麗動人。

嚴子陵先生的釣台，高懸在峭壁之上，船不曾靠岸，無法登臨，空懷嚮往之情。

七里瀧的美麗，或許由於色彩的調和罷！以今天來說，有晴空一碧的藍天，映照著澄徹江底的綠水，再加上灰紫和蒼碧的山巒，岸上並且有紅樹，竹林相與點綴，不要說山水原來有丘壑，有曲折，只是把這些色彩擺在一起，已足使人眩惑了。不過七里瀧的雨景如何？我想決定沒有晴天的美妙，尤其在這個深秋的時候。

漸漸地將行近一個以「來水」為名的村落了，那裡有許多漁舟，村莊全是些白色的房屋，家家有竹園，這是靠水的一面，村後有一個小山坡，上面長著小叢林，這些村莊真有意思，具備了最優美的條件，如果能夠在這裡住上幾天，也算得是享受了。

富春江江流至此。成一很大的曲折，前面的山巒，格外開展了。那些山的形態，很是不一，有作五指形者，從山頂至山麓，指跡縱橫，歲歷可見，有些山崗拱出來像一隻大牛背，更有些山光滑圖潤，如同兵士們所戴的鋼盔一樣，前後左右，使的你來不及細細欣賞，真是行近水村吟更苦，一程山色一程詩！

可惜我不是詩人，不然在船頭上細細推敲，會寫上若干首罷！

從下午一直坐到黃昏，太陽漸漸下山了，那些灰紫色的山峯，現在全變成黑紫色，在黑紫色的上面，有一圈金黃色的邊緣，那就是剛剛下沉的太陽。

在來水買了四尾魚，飲一杯酒，大家有點陶然，此夜月色橫江，船舶在胥口。

次晨，在晨光曦微中起身，船已經開始移動。侵晨的氣候，很是寒冷，當一輪紅日把煙霧驅走的時候，我們才恢復了溫暖之意。

中午，舟次嚴州，接到馮有真先生的覆電，證明我們的身份，並託沿途軍警，予以便利。船上的生活，除欣賞景物外，惟食與眠，最認為痛苦的，是午後六時即須睡覺，因為不睡，更沒有消遣方法，而每天早上四五點鐘，大家都已清醒，嚷著要起身了。

自嚴州以上，再沒有閒情瞻仰山水，因為從這裡起，地勢逐漸高斜，河床裡的礁石，聳立在江面，形成若干險灘，水流到那裡，像白練般的激盪飛舞，每過險灘，輒造成一個緊張的局面。

「坐下來，坐下來，過灘了……」這是船主在每過一灘時向我們所提出的警告。

且描述一個過灘的情景罷！老主婦把著舵，目不轉睛地向前面注視，夥計們全體上岸，把所有氣力全用了出來，背著纜索，垂下頭，身體傴僂得和地面相距只有一尺的光景，用腳尖抵在地上，咬緊牙關，捏緊拳頭，像蝸牛般地緩緩前進，一步緊著一步，落地非常有力，如果不是這樣，我們的船，會有被水衝下的可能，現在是逆水行舟，而且向水的高處爬，要爬過這一個灘，同時還要避免碰到這個灘。

至於船上呢，老主婦顫巍巍地，表示事態嚴重，船主大聲吶喊著！握著又長又粗的竹篙，一次接著一次猛力地直刺到江底。竹篙抵住在他自己的肚子上，腳踏在船沿的橫槓上，身體慢慢地橫倒下來，頭頸裡暴露出青筋，臉上漲的緋紅，當他竭力把腳伸直用肚子一挺，掙扎出一聲「嗯唷」的時候，船始微微地前進一步。他的年輕妻子，在另一邊的船沿上，也盡了合作的功能，以同樣方式，作有力的表演。

在這個場面之下，岸上的船夫拉著，船上的一家人運用了全副力量撐持著，我們始得安然過了一灘又一灘。我們這一群飽食終日的旅客，蜷伏在艙中，眼睛注視著船頭，耳朵聽著水的冲擊聲，更隨著船主夫婦「嗯唷」的掙扎聲，吐出一口大氣。緊張的心弦，一直要到船過了險灘，重新盪漾在平靜無波的水面上，才恢復了常態。

本來只須花了八、九天的功夫，就可到屯溪，現在估計行程，第三天宿韓家舖，第四天茶園，第五天淳安，第六天威坪，第七天灣石，第八天雪坑口，第九天橫川，還要一大段的水路，船上的生活，有些厭煩起來。

而韓家舖至茶園間的老虎灘，港口到淳安間的閻王灘，梅花灘，礁石聳露在水面，錯落參差，好像一盤棋子，水聲的奔騰，浪花的飛舞，大家驚心動魄，時時刻刻在顫慄危懼之中。有一回，船主為減輕重量起見，勸我們上岸徒步，他和船伙，走下水去，把船抬起來，跨過一個灘。還有一回！就是過這個梅花灘，船主用繩把船縛在這一塊礁石上，像拔河游戲一樣用力拉緊，才渡過這個難關。當情勢緊急時，老主婦的驚呼聲，使得大家心膽俱裂。

在船上住了八天，到第九天的上午，不耐船中的寂寞，遂於舟次朱家村時上岸，嚴戴二君仍乘原船，直達屯溪。

我們一家六個人，沿大石板路前行，和一位姓韓的瓷器商人結伴，經過一座很長的大橋，大約經過一小時的光景，就到了歙縣車站。

從這裡換乘長途汽車，於下午三時到達屯溪。

四、東南的重鎮——屯溪

是到了屯溪了！

這是我們第一個目的地，在這裡可以遇到在上海和敵偽搏鬥的戰友們，當跨進六路飯店時，我心房跳動著，真不勝悲喜交集之情！

電話接通到《中央日報》，是老友王晉琦的聲音。

「你們果真到了，歡迎歡迎，我馬上就來……」還是那樣頑皮似地。

半小時後，房間內擁滿了訪客。

當我和晉琦握手時，彼此互相注視著，好久說不出話來，有如同隔世之感！馮有真夫人和李秋生、潘湛鈞、沈公謙、胡惠生、胡道靜諸先生也爭向我們慰藉，好像一家人團聚了，我們歡喜得無法形容，又好像回到編輯室中，大家肆無忌憚地談笑著，一切別後之事太多了，太多了，一時無從說起。

到此時，我方知道馮有真兄已於一月前因公到重慶去，在這裡無法晤面，後來我們在陪都聚首，盤桓了好幾天。馮夫人熱忱而幹練，給我們很大的幫助，此後在屯溪一切食宿，全由她主持照料。她招待我們寄寓在公餘進修社，每天還要來探視幾次，這樣的關注，使遠道跋涉的一群，有賓至如歸之樂，我們到現在，還是深深地感激她！

屯溪，是東南最前線，從上海撤退的報人，大半到了這裡，在有真兄領導之下，繼續和敵偽奮鬥，於物質條件異常貧乏的環境中，艱苦奮鬥，工作十分緊張，沒有和上海兩樣。他們所經營的《中央日報》，內容極為精彩，評論異常鋒利，在東南一角上，有廣大的鋪路，而淪陷區中，尤有無其數的讀者。未曾到過屯溪的人，或許不能想像他們的困苦。他們以菲薄的收入，維持一家生計，營養自嫌不夠，形容相當憔悴，然而他們的精神，卻是奮發，為了國家，為了爭取勝利，大家一顆熱烈的心，時時刻刻都在沸騰著。

他們是站在東南新聞界的最前線。

屯溪只有一條繁盛的街，如果要閒逛的話，不消半小時，就可以走完，然而那些店鋪中，什麼東西都有，只須你緩緩地去搜尋罷了。喫的東西，尤稱美備，本來是魚米之鄉，加之從各方撤退的人都在這裡集中，應付需要而發展，屯溪的一切，是順應了自然的趨勢。

皖南社會服務處委託中國旅行社辦了一個招待所，在屯溪旅館業中躍居了首位。不但環境幽美，交通便捷，而每一個客房的佈置，卻夠得上水準，沒有玷辱了中國旅行社五角星的社徽。

承招待所主持人錢君芷兄之邀。在未正式開幕之前，我們便住進去了。雪白的被褥，欹斜適度的籐沙發。一切合於理想，好像又回到上海去。君芷跛了一足，拄著拐杖，東奔西走，片刻沒有停過。大家都替他喫力，但是他並不覺得，他認定了「助人為快樂之本」，老是笑瞇瞇地。

我對於屯溪最深刻的印象，是夜半鷄啼，此起彼和，不肯停息。當第一夜住在六路飯店時，聞鷄鳴不已，立即披衣起身，以為天亮了，那知取出袋錶一看，則方在夜半。有人說，屯溪的人晨起甚遲，具有惰性，不過鷄是勤謹的，這是一個笑話，但是我到現在還不明白，我們走了很多地方，為什麼屯溪的鷄特別起勁呢？大概要勗勵東南前線的人民聞鷄起舞，努力去殺敵罷。

四圍皆山，水是長流著，輕盈巧小，一切仍在成長中，我們不能忘懷這東南的重鎮——屯溪。

第十章

六千里路的山河

我們這一回長征，可以說是一個極愉快的旅行，從東南到西南所經過了江蘇、浙江、安徽、江西、福建、廣東、湖南、廣西、貴州、四川等十省，不要說古人或許認為是一個壯遊，就是在十年以前，如果足跡涉獵十省，也可暗自滿足，少不得要寫上一大本遊記吧！然而現在的空間是縮短了，在戰時，走了再多的路，也不是一件稀罕的事。

從心理上估計，我們這回的旅程，可以分為三個段落：

一、自上海到屯溪為第一段，

二、屯溪到曲江為第二段，

三、曲江至重慶為第三段。

現在第一段旅行，已告結束，第二段所走的是漫長的公路，一共就走了十一天之久。在這裡，且得說明沿途所經過的地方：

自屯溪到歙縣，從安徽的邊緣上，走進了大江的一角——淳安和常山，繞過江西的玉山，上饒，鉛山而經過福建的崇安，建陽和邵武，於是乎再向江西省行進。在地圖上看，從光澤起，自東北逐漸傾流到西南，幾乎橫過了江西的全省，我們所經行的地方，有南城，南豐，廣昌，寧都，雩都，贛縣，南康，一直到大庾。跨過大庾嶺的小梅關，是來到廣東省的南雄和曲江。這第二段的行程最辛苦，也最有趣味。

一、漫長的公路

屯溪到曲江的公路，計長一三一七公里，沒有直達的客車，也坐不著中茶公司和銀行方面的便車，事實上，我們這一個擁有十餘人而行李又相當多的集團，即使有便車，亦無法容納。

倘使要到江西去乘一段聯運客車，卻未嘗不可，不過，行李的起落，候車的躭擱，細算起來，或許還要不經濟。

結果，我個僱了二輛小包車，從屯溪直到曲江，每公里的代價是四十九元，兩輛車子的費用，約共十四萬餘元，而油費還不曾計算在內。

讀者千萬不要為「小包車」三個字所炫惑，憧憬著重慶上清寺一帶流線型的小包車，以為我們平穩無聲地疾馳而來。事實是不然的，拿我們一家六個人所坐的車子來說，有幾個特點：一，這輛車的牌子是「福特」，年份已無法查明，車身相當高大，二，原來是上海雲飛汽車公司在南京的出差汽車，現在的車主係以五百圓購得，三，在南京撤退時，費盡了千辛萬苦，才把它開到屯溪，四，目前並不以年老多病之身而被捐棄，還是在公路上加倍努力，五，「一滴汽油一滴血」，這老苦的福特車，是無血可輸，而用木炭來做燃料，六，現在時時有病，需要調護，至於行走時的跳躍喘氣，倒是習見之事，不足為奇。

試一設想，具備了上述六個特點的車子，是怎樣一輛的「小包車」呀！

車頂上裝了一個四周有欄杆的鐵架子，箱子和行李，用無其數的麻繩綑縛在上面，晚上到歇宿的地方，須逐件解下，翌晨又逐件裝上，非常麻煩，非常費時間，小車夫的怨恨聲，常傳到我們的耳鼓。

「自明天起，請你們不要叫我『汽車夫』，……」在第一天晚上，小車夫有這樣一個指示。

「要我們叫你先生麼？」孩子們的笑語。

「不，叫司機！」

「為什麼呢？司機和汽車夫不是一樣嗎？」我說。

「汽車夫是不尊敬，司機才表示客氣。」

我嘿然，到現在還不懂這兩個名詞有什麼分別？但是我在路上始終不曾叫他「汽車夫」或者「司機」，是直呼其名的。最初，在食宿站上，我們還替他們付過好幾次房飯費，但是不能改變他們的服務態度，經過上饒時，架子上的鐵釘把一只皮箱戮破了一個大洞，要重新綑縛一下，他們卻不願意，後來我們恨極了，痛罵一頓，車主反而前來道歉，保證以後不會再把行李損壞，關於這一件事，我也不明白，為什麼要前踞而後恭呢？總之，他們沒有訓練，沒有服務精神，簡直不可理喻。後來我們坐西南公路的客車，那司機和助手忠誠盡職的精神，真令人驚歎，在一定的時間內，把木炭爐燒好，在一定的時間內，到達食宿站，始終和客人保持友善態度，絕對沒有任何需索，他們能夠自尊；而後能夠得到人家的尊敬。

十一月十九日的上午十時，我們離開屯溪，又上了征途。馮夫人和新聞界同人在皖南招待所門前送別，厚意殷懃，感謝不盡！當老福特徐徐地發動時，揚巾揮手，互約歸期，那一幕熱烈緊張的場面，到現在還縈繞於心頭。

沿富春江岸走著來時的路，中午過歙縣，下午經街口，威坪，到淳安已是下午四時了。沒有進午餐，趕著到餐店去果腹。

淳安是浙西的一個小縣，因為接近最前線，近來頓形重要起來。可是市面相當冷落，旅館只有兩三家，並且沒有一間空餘的房間，事先就曉得有此種困難，由於朋友的介紹，晤到縣長沈松林君，是夜假宿於縣署。

縣署高踞小阜之上，林木蔚然，環境很幽靜，真是一個讀書和工作的良好場所。沈縣長沉著幹練，勤政愛民，他和我在街上走，遇到很多相識的人，立著談話，非常親切，而一群小學生，見了縣長，也極高興，趕來一鞠躬。從這小處看來，官與民之間，沒有距離，互相愛好和尊重。沈縣長穿了一身土布中山裝，在民眾間，他是一個服務者，他不是官。我特別寫出這些，並不是替沈松林君張目，——事實上，做好官也不需要人宣傳，實在因為我經過許多地方，遇到若干不大不小的官，雖然我們一律受著歡迎，但是有幾地人故意做出一副矜持的樣子，有幾個人說了不必說的官話，至於警衛森嚴，僕從環立，尤其餘事，這種情形，以越近大後方為尤甚，真有點使人驚異。

次晨，辭別沈君夫婦，汽車開上木船渡江，自此以後，即不復再循來時的舊路，十時過遂安，十二時到開化縣屬的華埠鎮午餐。午後又渡江兩次，止於常山，住在一家簡陋不堪的旅館中，油燈泥地，四壁蕭然，被褥的污穢，幾至於不堪想像，然而我們都安然住下了。

今天所看到的山水，相當美麗，和富春江差不多，岸旁又多蘆花，潔白如雪，一眼望上去，竟能看不盡，可見蘆花的繁密了。還有若干高大的棕欖樹，也綠得可愛。

車子雖然喘氣，開得慢，但是沒有拋錨！

第三日自常山開出，過了一次江，不久就到江西省境了。公路比較昨天平坦得多。山多是赤色的，和浙江的山有點兩樣。將要到上饒時，看見路旁石碣纍纍，漫延不絕，至少有一千幾百個，聽說這些全是抗日陣亡將士的墳墓，我們不由得肅然起敬。

在上饒午餐後，趁司機們整理機件，進城作了一次短促的巡禮，敵人蹂躪的創傷，到處可見，街市好像正在復興起來，市況不十分繁榮，但是很有秩序，很乾淨，和幾個商人談話，知道民眾抗戰的情緒，特別高張。

想要買一點瓷器，總看不上眼，反而沒有屯溪的好。

汽車繼續把我們送到鉛山，一進城就有警報，城頭上敲鐘，商店閉門，不過半小時光景就解除。

鉛山當然不及上饒了，旅館尤為湫隘，城內有好的招待所，因為路遠，明晨要提早開車，只得權且在一家復興旅社住下。

第四天開車的時候，司機們的神色，似乎特別緊張，原因是今天要經過險峻陡峭的紫陽嶺和贛閩交界的分水嶺，年齡過老的福特車，恐怕爬不上山崗，司機們在發愁，我們的心裡也遮上了一層陰影。

車子全在山上走，兩邊盡是高大陰森的竹林，有點像杭州的韜光，又有點像杭州到莫干山一段公路上的竹徑，心頭只起了悵惘之情。就在這裡，前面駛來一部大卡車，坐在車裡的有一位美國軍官，我們第一次看到盟友，舉了手，來一個並不相識的敬禮，就在這一剎那中，雙方都作會心的微笑。

終於到了紫陽嶺了，前面的一部車子安穩開上，我們的老福特狂吼著，一步動彈不得，只有下車了，請它先走，這樣過了一關。

在將近分水嶺的時候，兩車乘客，全體下來徒步，此時的老福特，像一條老牛，不絕地氣喘，緩緩地盤旋前進，當我們傴僂上坡時，舉首仰視，兩輛汽車已高踞在山頭，很雄壯似地。到了最高峯，我們看見一塊大木牌，寫著斗大的字，載明分水嶺是贛閩交界的字樣。孩子們欣然，坐在木牌的下面，很自豪地說：「我足跨兩省呢！」

下坡很容易。下午二時許，已到了崇安。

這裡有一條中正路，依山傍水，環境顯得不俗。這澄清見底的崇溪河，隨著地勢，蜿蜒下流，被礁石激起的浪花，足夠旅人的玩賞，在河畔徘徊了一個黃昏。

曾到天主堂一遊，裡面供養著很多花草，最惹人注目的，是些鮮艷的象牙紅，好像在上海準備度聖誕的樣子。

此夜的夜飯，相當豐盛，旅館也比較常山和鉛山好得多。可惜沒有餘閒，未能小住數天，到武夷山一遊，然而武夷茶已饜足我們的慾望了。

第五天早上，我們又在山谷中繞行，不過今天所見到的山峯又和前幾天不同，山色是紫紅的，有幾處山頭像香爐，有幾個像饅首，還有幾個像低頭的老僧，而這些香爐饅首和老僧的上面，不曾有一株樹，在半中間還裂開一條縫，靜靜地聳立著，顯得別緻，好看。山麓有許多種茶的農場，大概就是武夷山吧！

在麻沙午餐，下午過邵武，在車中忽見大小參差的洋房，高下不一，這是杭州之江大學的新校舍。自此前進，再度到江西。

垂暮抵光澤，一幕緊張的鏡頭，在等著我們。

照例每到一處，必須經過檢查，好在我們不是商人，又不夾帶私貨，並且有身份證明書，所以一路上並未遇到麻煩。這一晚可不同啦！

當我們開到光澤城內尚未煞車的時候，不知道有什麼跡象，竟會引起稅警的注意，突然地，許多同志們取出木殼槍，把我們團團圍住，真有點莫明其妙，我們坦然下車，聽候檢查。稅警官長在電燈光下看清了我們，又仔細地閱讀了證明書，他的面部表情，有點遲疑的樣子。停了片響，他說：「真抱歉，弄錯了，對不起得很！但是，先生，這兩部汽車的號碼，明明是時常走私的，……」嚴重的局勢，忽然緩和下來。

不過我們的司機說，他們從來不曾經過這條路，且只有一次作過長途旅行，是從屯溪開到衡陽。

這些事不必多管，住宿又成了問題。光澤的旅館，全告客滿，四處探詢，盡遭碰壁，行李和箱子，堆在馬路上，四顧茫茫，真有今夜不知何處宿之感！最後以大同鄉的關係，在一家比較大點的旅館中，承老闆的關切，熱忱地讓出賬房和客廳，臨時搭了十幾張竹床，供我們安歇，於是投宿問題，在這狼狽情形下解決了。當晚唯一的安慰是在旅途第一次的電燈光下，讀到七年不見的《東南日報》。

開始第六日行程的時候，一行人都已感到十分困憊，車子太辛苦了罷！今天老是和我們為難，逢到上坡的時候，總不肯上去。

推，大家下來推，灰塵飛濺了一身，全顧不得，是上坡了。可是過了一坡又一坡，和富春江上「過了一灘又一灘」的情景，並沒有兩樣。

於是乎每過一坡，就要下來推，我們原來是坐車的，現在變成推車人了。司機在上坡時，因為木炭火力不夠，必須拉出汽油，行駛這樣困頓汽油耗損愈多，他們不怪車子不好，而抱怨這一次生意的不合算。他們一副不愉快的面容，同時也增進了我們惱恨。

幾隻箱子，禁不住磨擦顛簸，差不多完全破損了。一個被袋，因為繩索中斷，在中途失落，幸而發覺尚早，立刻追回。倘使真被路人拾去，到重慶後怎有力量可以重新添製？

在黎川午養後，下午走了一段很好的公路，安然地抵達南豐。一下車，就看見無其數的橘子攤。拍盡了塵灰，慰勞我們自己，於客飯而外，再添上幾盤菜，飯後大啖橘子，皮薄而甜，正值上市季節，十元錢可買到一簍。

第七天，叫司機們仔細檢查機件，所以開車較遲，滿望今天平穩地前進了，結果是大失所望，今天下車推挽的次數更多，一會兒車子停了，縱使極小的坡子都爬不上，我們用足了氣力向前推進，但是老牛的福特車，始終不理會，好像漠然無動於中。自皮鞋起，褲子，大衣一直到呢帽為止，週身都是泥土，成為灰色的人。

機件沒有壞，在平地上還是咻咻然！司機終於說出來，是注射劑的汽油告罄了。然而還有無其數的峻坡在前呢？不走是不行的，荒野的山中怎樣購油呢？

可說是「天無絕人之路」，在另外一車中，借到僅有的半瓶汽油。

老牛經過注射後，又蘇醒了，慢慢地爬上山坡，恢復了原狀，下半天安坐在車中，公路也相當平坦。

此一日的行程，係經過廣昌到寧都，連午餐都沒有用。

寧都是贛南大郡，市面十足海派，日用必需品應有盡有，陶陶招待所沒有餘室，只得借宿在一家小旅館中。

七天以來，以今天行車的成績為最壞，然而更壞的還在明天呢！

二、活力充沛的新贛南

這是第八天，預定今晚宿在贛縣。

早上八時開車，走到不遠的公路上，被一個木欄擋住了去路，是要車主去繳納直接稅，因為手續相當麻煩，車主便邀我陪他一齊去。稅局離開此處並不遠，但是要填寫好幾張單據，還需要層轉上去蓋章，辦事人已經很幫忙，不好意思多加詢問，結果，等到單子發下來，是花去了一小時。

然而，出於意外地，稅局又要叫我們直接對稅款送到中央銀行，這確有點為難，不是又要花費很多時候麼？經再三懇商的結果，說明了必須立刻上路的原委，他們破例通融一次，允許代我們去繳納。

返到停車所在，看見車旁擠著一個年輕的憲兵，他要搭車到贛縣去，當然應允了。他只有十六歲，告訴我們投考憲兵學校的經過和家裡的情形，又自豪地敘述了對於射擊的經驗，他有愛國的情緒，天真的稚氣。

昨天在寧都購到汽油，公路又相當平穩，今天可以疾馳了，但是老牛在一個較高的坡上，又爬不動了。司機儘量的替他輸血，仍歸無效，後來發覺汽油中滲了其他代替品，所以火力還是不夠。只得大家再去推動，人力有時可以刻服困難，這時有幾個挑夫經過，激於同情和希望一點酬報，大家來共同努力，老牛顫慄地又爬上了。

每過一坡，必下車推挽，就在這種情況下，走了許多路。另一部車子呢？那個司機走一程，等一程，一聲不響，十足顯示他的沉著和才能。這部車子除第一天遲到外，以後就沒有出過毛病，據說他是銅匠出身，修理汽車機件，在屯溪是坐著第一把交椅呢！

下午，老牛奮發有為，向前奔馳，如果公路平坦，一為障礙的話，它是有能力的。此時車子沿著贛水前進，地基很高，可是極平坦，我們坐在車中很高興，想著抵達贛縣以後的舒適，因為這裡有中國旅行社的招待所，大家可以舒適地酣臥一宵。當薄暮經過江口時，車行高嶺，下臨大江，水是碧綠的，風景極其壯麗，一輪紅日，徐徐從隔江的山頭下降，由不可逼視的金光，逐漸變為深紅，而淡紅，而黃褐，倏忽地下沉了，江中的水，被夕暉照輝得五彩繽紛，令人眼花撩亂起來，我們眺覽美景，有說不出的壯濶胸懷。

加緊地往前趕，要趕到贛縣，暮色籠罩著大地，渡江後，公路又有一段平坦，大家滿懷希望，雖然天色是完全黑暗，以為馬上就可以走進簇新的贛縣城，提心吊胆地好容易過了茅店，僅僅乎距離贛縣十二公里的地方了。

一個高大的山坡橫在前面，老牛力竭聲嘶，始終爬不上去，最初，我們憑著勇氣，兩車的人一齊走下車用力往上推，可是推了數步，它又倒退下來，退得格外遠，反而還是不推的好。司機用盡了方法，旅客花盡了氣力，結果是等於零，一無辦法，眼看，就要在這荒寒的山坡上過夜呢！

另外一輛的車子，則小心翼翼地爬上去了，在山頂上休息。

那時滿山漆黑，風聲樹聲，一時交作，天空繁星閃鑠，江上星星燈火，捕魚的船上發出不自然的沙沙聲，頻添了不少恐怖的氣氛。如果有幾個不善良的份子奔逐過來，那是怎樣好呢？小憲兵昂然地出動了，站在路口，手裡擎著槍，是一副警戒姿態，大家於焦燥惶恐之餘，此時才稍形安定。

不過就是坐待天明，也無濟於事，到明天還是要想辦法呀！足足呆等了二小時，司機說：「真的，無法可想了。」於是我們決定了方針，用前面的一輛車子，先載送婦孺進城，趕快去買幾根很粗大的繩索，急速地來救我們。

半小時後，用繩索拖曳老牛上坡，再加上一點人力，我們仍在後面奔馳推送，結果，老牛咻咻然，一到山頂，忽然又自動自發地怒吼起來。下坡容易，老牛一直走到中國旅行社招待所的廣塲，已是午夜十二時了，一點東西都沒有喫，肚裡開始進攻，招待所厨房的爐子已經熄滅了。街市間冷清清地，連攤販都沒有，不要說喫點心的館子，只得枵腹入睡了。好在一天勞頓，已把每個人的精力耗盡，上床以後，即呼呼入睡。

小憲兵已無法向隊部報到，請他在招待所休息一宵，在明天清晨，他向我們行一個最有誠意的敬禮，我們萍水相逢，又匆匆告別了。

「這是長途旅行應有的況味，今天的遭遇，真是可遇而不可求呢！」一位同事在臨睡時這樣說著。

為了等待老牛徹底修理，大家也不勝長途勞頓之苦，便決定在贛縣休息一天。

果然，贛縣給我的印象，是具有活潑地朝氣。

給我們一天的時間，瞻仰活力充沛的贛縣！

街市間非常潔淨，市招相當整齊。馬路全是洋灰舖的；保持一定的寬度，有幾個地方很像杭州的清和坊，蘇州和無錫的市政也趕不上這裡的。

物價的低廉，合作事業的發達，正當娛樂的倡導和公園的眾多，使人民的生活安定下來，因為生活安定，大家便可以把全副精力去做應該做的工作，這樣，一切事業便會發揚光大起來。

蔣專員勤求民隱，化裝的本領，神出鬼沒，並且一經破獲甚麼案子，絕不徇情，真是執法如山，大家時時提防著，好像蔣專員就站在他的後面。我們聽到很多有趣味的故事，如果一一敘述下來，可以寫成一本可觀的書。

據說，蔣專員施政，有五大目標，就是「人人有飯喫，人人有衣穿，人人有屋住，人人有工做，人人有書讀」，這五個目標，是定全做到了。我們在贛縣，為時短促，雖然沒有方法到各處去看，不過和幾個商人接觸，知道他們安心營業，一點沒有怨望；而一般普通人士，則為盡本分努力工作，路上沒有愁眉苦臉的人，也沒有衣衫襤褸的人。

以我個人來觀察，蔣專員的個性，是從大處著想，小處也不肯放鬆，說幹就幹；要幹得徹底，他絕不在紙面上做文章去騙人騙己，在此種情況下努力，贛縣的政治，便完全上了軌道。

自屯溪起，一直到贛縣為止，一路上所給我們最愉快的城邑，就是贛縣了，沒有第二個地方。

三、在桂林小住

我們在贛縣逗留一天，大家沐浴更衣，洗盡了征途的塵垢，恢復了身心疲勞，同時，汽車也修理完好，便在第九天早上繼續出發。當出中正門時，看見右面寫著「歡迎嘉賓來臨」，左面則寫「再會，一路平安」更使我們有說不盡的留戀。

一路平安無阻，天氣也有點溫暖起來，經過了沙石埠、潭口、南康、賢女埠、新城、池江、青龍諸地，中午到了大庾，就在此處午餐。大庾有一個公路車站，建築相當偉大，和杭州城站，彷彿有點相似。

下午，兩輛車子先後努力，爬上了贛粵交界的大庾嶺，山勢甚高，然而不十分陡，過小梅關後，我們是到廣東省了。車子需要加水，在這裡停著。路旁有藍球塲一，十歲左右的小孩，正在塲中射球，我們一行中有三個好玩的孩子們，看到這個球，莫不怦怦然心動，立刻興冲冲地奔上，還沒有立定腳跟，冷不防，一個大球打中了我們的孩子。他們正在嘻嘻哈哈得意的時候，第二個球又拿我們一個較大的孩子作目標，猛力地打來，幸而趨避得法，並未擊中。三個孩子同時惱了，當時拾著球，向他們回敬，正要形成對疊的當兒，司機加水完畢，催促登車，始解決了這一場小糾紛。公路上旅行，相當寂寞，這可算是一個有戲劇性的插曲。

下午三時到南雄，寄寓在嶺南大酒店，看見我機六架翱翔天空，精神為之一振。這天很巧，是妻子的誕辰，客中喫些壽麵，同事們合購禮品相贈，晚上又在嶺南的餐廳中大嚼一頓，大家興緻很高，明天可到曲江了。

這是最後一天的行程，結束了一千三百十七公里的公路旅行。天還沒有大亮，大家全起身了，在小粥店中進了一些點心，便催促車夫趕快起程。路面雖然不十分坦平，然而沒有高陡的坡道，老牛式的福特，顯然表示惜別之意，加倍努力前進，始終沒有和我們為難。出於意外地特別早，在上午十一時，我們一行人已站在曲江的大橋橋畔。曲江的重要性，跟著時代進展，路上的人那樣擁擠，大家在匆忙著，市面的繁榮，在我們想像之上。

汽車不能過橋，只得停在路旁，恐怕有空襲，目標太大，叫司機開到樹蔭下。我們便到勵志社去休息，這裡是廣東省府的招待所，局面相當大，佈置也還不俗。喫過午飯後，便向中國旅行社購取到衡陽的車票，發了兩個電報，時間已沒有多餘了，街市間未能從容觀光，匆匆走過一、二條馬路，我覺得曲江太紛忙了，一切在緊張情緒之中。

最令我不能忘懷的，是有一家庭園裡長了很高很大的象牙紅樹，鮮艷可愛，從牆邊探出頭來，向過路的人炫燿，我生平還是第一遭看見這樣大的象牙紅。季節告訴我們，快要到年底了，上海的許多花店中，不是也要羅列著這些可愛的紅葉麼？漫漫長途，我們離家日遠，到了嶺南，頓時引起了無限的鄉愁。

六時到車站，卸下了全部行李，和兩部跋涉長途的汽車告別，至於伴送我們的司機們，此時也有依戀之意，因為彼此相處了十一天，共渡患難，雖然有些不滿意的地方，大家都淡忘了。在待車室裡結付了全部帳目，他們很虔誠地祝我們一路平安，我們也說了許多很感謝的話，希望最後勝利早日來臨，重過屯溪，和他們同到上海。這樣，我們便揮手別離了。

曲江火車站的秩序，異常良好，中國旅行社的招待為我們辦理行李過磅手續，省卻不少麻煩，僅有半小時光景，我們一行人已坐在車上，一切不需要自己動手，上海北站的惡劣印象，又浮泛在心頭，這全是敵人所做成的，遙念在水深火熱中的上海同胞，大家起來罷，把敵人趕出去，把北站的污穢，洗滌得乾乾淨淨。

七時二十分，火車準時開行。久在公路顛簸的我們，一旦上了火車，如同進了天堂一樣，忙碌了幾個孩子，從臥房走到餐廳，一會喝茶，一會兒又嚷著要喫飯。

樂昌到坪石一段，是我舊遊之地，兩面是山，中間碧水迴環，風景的美麗，簡直和富春江差不多，尤其是金鷄嶺這一段，格外使人悠然神往，前此於睡夢中輕輕走過，不能重溫舊夢，有點悵惘，然而不必提罷，和山靈相約，重來之日，便是最後勝利到來之時。

一早到了衡陽，站前的大樹，蒼翠照眼，歡迎舊友重來。湘江東岸的繁榮，視粵漢路初通車時幾乎不能比擬。我們徒步走到江邊，正在上渡船之時，適遇空襲警報，大家沒有理會，依舊進城休息，剛剛坐定，警報已經解除了。

以極長的筷子用早點，喫的東西令人滿意。在街市間匆匆觀光，只覺得馬路寬濶，高大的房屋，並肩站立著，而新建築尚在不斷興建之中。購了兩枝湖南毛筆，作為此行的紀念。對於衡陽，又匆匆一瞥而過，未能訪問王船山先生讀書的遺址，又未曾一登迴雁峯，只得留待將來罷！

湘桂路車站的建築，別具一副格局，或者因為地勢的緣故，顯得十分舒展，站前長著許多花木，候車室裡的侍役，也彬彬有禮。

車廂裡保持相當清潔，車僮穿梭似地來往服務。餐廳裡供給客飯，採取戰時節約辦法，雖然不豐盛，但是可以裹腹，而取價的低廉，真是合乎理想。

車輪奏著單調的音樂，人們也漸漸地停止了談笑，我們不知在何時便睡著了。一覺醒來，天色微白，從窗中探首外望，已看見許多村落，許多峯巒，知道是已在桂林的郊外，車子疾馳著，走進了桂林的北站。

正向車站探首，我們《申報》同事穆家康，鍾復圭兩兄，已含笑登車，他們接到你曲江發的電報，一早就趕來，想不到大家會在桂林聚首，回想在上海時情形，宛如昨日的事！同到南站下車，樂群社住滿了客人，只得下榻於東亞旅社。

桂林的繁華，同於戰前的上海四馬路，店裡的夥友，路上的行人，全是上海口音，用不著學桂林話。上海的商店也搬了來，我們第一晚到老正興喫夜飯如同在上海的飯店弄堂。有一家商店正在開張，用了一副軍樂隊，吹吹打打，不成腔的音調，完全是上海的玩意兒。委託商行，小飲食店遍地皆是，電炬非常光亮，如同白晝一樣。

上海化的桂林，是時代造成的。盟友在街上閒逛，咖啡館和茶室都擠滿了人。

只有環湖路的一角，在早晨起來，靜靜地立在樹蔭之下，眺望著野景，是桂林原有的氣息。

在桂林住了四天，承新聞界友好，上海銀行和中國旅行社同事的熱忱招持，使我們感覺到友情的可貴。

曾到七星巖一遊，又去參觀了《大公報》，並沒有餘閒領略桂林山水，我想將來一定有機會來細細觀賞的。

四、爬上了凱旋門

十二月五日乘車西行，次晨天未大明，到金城江。

住在黔貴賓館，食宿極稱舒適。賓館的範圍很廣，在園中散步，可眺望四圍的景色，這裡的山，像翠屏似地，高下參差，後先羅列，實在好看，有時太陽從斜面照射上去，映出若干光彩，不可逼視。據說陽朔的山，也是這樣。

因為候車的關係，在金城江躭擱了三天，到十二月九日才得成行。這一段路程，全是在高山上，當火車要爬上最高峯時，先駛入第一層軌道，然後漫漫地打倒車，開到第二層軌道，再開倒車，然後直上第三層，所以在車上向下面看，可以望見三層鐵軌，可見工程的偉大和艱鉅了。次日黎明，已入貴州省境，十時抵獨山，住賓館中。

十二日乘西南公路局加班車赴貴陽，當天宿馬場坪。十三日午後抵貴陽，住中國旅行社招待所。

此二天的行程，全是在山上盤旋，驚心怵目的高坡，較之贛粵交界之分水嶺，贛縣的茅店，贛粵邊境的大庾嶺，不知道要高出若干倍，然而西南公路的司機應付裕如，一點不慌張，爬過一坡又一坡，我們坐在車上，處之泰然！

貴陽給我們的印象，也是振奮而有朝氣，雖然不像青年贛縣的活潑，但是已上軌道，在自然發展中求進步。政府要推行一種政令，並不需要強迫執行而是循循善誘，可說是大家都很心悅誠服地接受了。

每到一地，總使朋友受累，貴陽並不例外，新聞界的朋友，中國旅行社的同事，為我們設宴洗塵，又為我們奔走接洽車輛，熱情盛意，永遠銘記在心頭。

在貴陽起程，是十二月十六日，當夜宿烏江，望見工程浩大的烏江鐵橋。十七日過遵義，住桐梓。十八日於大霧中過花秋坪，一望迷芒，隱約看到滑川千畝的綠竹，彷彿置身莫干山中，在松坎午餐，薄暮駛入四川省境，到十點鐘才開到東溪的招待所。

十二月十九日，各人懷著熱烈期待的心，從東溪出發，一路沿江行駛，景色絕美，中午至綦江午餐，下午四時，才抵海棠溪。

重慶是到了，隔江遙望這偉大的山城，是如何的興奮呀！，當朋友堅決阻止我今夜渡江時，我執拗著不肯，立刻就和他上了渡輪，勇邁地踏上儲奇門的石坡，又一口氣爬到凱旋門口，我站著，深深地透了一口氣。

我是凱旋了，今天，記取這個日子，我從敵後平安地歸來，投入祖國的懷抱！

後記

當去年年底初到重慶時，和許多朋友見面，除了先我等從上海撤退的幾位先生而外，其餘諸人，對上海情形，相當隔膜，所發出的問題，與事實有若干距離，令人難以置信，這些詢問是從重慶人所發出的。同時，有幾個美國新聞記者對上海也極端關切，要我供給他們最新鮮的資料，尤其是珍珠港偷襲以後敵人侵入租界的情形，當時約略報告了一點，但還嫌不夠，似乎太籠統了。

征塵甫卸，一切都談不到，遑論寫作？不過我已有一個意識，要把在上海的工作，寫成一本小書，以事實向讀者作坦白的陳述。

到陪都後，第一先要安排居住問題，其次要把子女送進學校，這兩樁不容易解決的大事，果如重慶人所說的「傷腦筋」三個字，經過了不知幾多次數的奔波；各方面的輾轉請託，才把孩子們讀書的事辦妥。居住尤其艱難，花了四個月的功夫，三度遷移，始覓得容身之所，暫時安定下來。接著生了一場大病，躺在床上有一個多月之久。時間過得真快，由春而夏，已是六月初了。

在七月上旬，決心開始寫這本書，雖然定了一綱目，但手頭一件參考的東西都沒有，僅憑自己個人的記憶來動手，邊寫邊想，毫無把握。好在執筆之初，曾決定幾個原則：一，我是新聞記者，須以忠誠態度來報告事實，二，不妨以寫新聞的方法來繕寫，在技巧上也許笨拙一點，但是很容易認清當時的真相，三，我們是幾個幸運者，能夠來到大後方，還有許多在陷區裡奮鬥的朋友，為著國家流血流汗，我們不能忽視，很希望在可能範圍以內報告一些，四，淪陷區的人心，始終振奮著，必須表達出來。

我就根據這幾個原則來寫，在情緒上自信是始終一貫的。

讀者看完了這本書，不要以為上海新聞界同人的工作最艱苦，須記取在漢口，香港和重慶報人的處境，他們和我們是一樣的。漢口的港報人撤退的一幕，流離顛沛，其悲苦情狀，震動我們的心絃。拿重慶來說吧，許多新聞界同志，始終站立在崗位上繼續奮鬥，當民國廿八、九年的時候，幾乎日夜在敵人飛機炸彈下工作，防空洞作了編輯室，報導消息，不曾有一日間斷，這些光輝的事跡，我們竊願引以自豪的。

現在我居住重慶，已有半年以上，我漸漸認識了一切而能予以體會。個人生活的痛苦，一半由於環境使然，在戰時無法改善其實也不必多所研究，應當以個人來適應環境。至於其他，我以為大家還須要緊張，無論那一個階層，先要檢討自己，先要建立自己，不要飄浮，不要幻想，對於任何事情，必須尋求一個著落，得到一個根本辦法。尤其是穿著長衫自命為「士大夫」的我們，應該自動自發，先下一番刻苦功夫。我自承平凡渺小，藉本書之末，吐出一點私見，或許不是多餘的吧！

很希望從這本小書中，能夠以上海報人的工作和其他角落裡的真相，顯露在大眾的面前，以供關心上海者的需要；同時，不明瞭上海過去情形的人，也會從這裡得到若干答覆。

「回上海去」，是大家一致的期望，現在，就快要實現了，不過在我們回到光明的上海以前，先得明瞭上海的陰暗面。此書或許會給讀者以若干感傷，不過，興奮的情緒，會給予你們一點安慰。

有許多事，總是出於偶然的；我想不到在上海會度過這樣一個艱難的時代，更想不到在重慶寫成這本小書。

因為日間有固定工作，此書多在睡眼惺忪中執筆，或於早上抽出一二小時的功夫來塗抹，現在總算脫稿了。多謝朋友們的厚誼，給我許多幫助，謹於此表示感激之忱！

民國三十三年八月記於重慶

附錄一

趙君豪生平

關志昌

趙君豪（一九〇二～一九六六），字乃謙，江蘇興化人，清光緒二十八年五月初七日（一九〇二年六月十二日，生年據趙吳靜波〈痛哭君豪〉、謝然之（炳文）〈哀悼君豪兄〉、姚朋（彭歌）〈豪公與自由談〉享年六十五歲，及〈痛哭君豪〉：「民國五十年六月，正是他花甲之慶。」推算而得。）生於興化。父德齊。趙君豪六歲束髮受書，就讀於興化趙氏私塾。民國元年，與冷欣（容庵）一同就讀興化縣立乙種初級商業學校（昭陽高等小學前身），二人交稱莫逆。二年，讀於昭陽高等小學。六年，入江蘇省立第二師範學校。八年，考入交通部上海工專中院，課餘投稿報刊，並兼上海《申報》（館主史量才）特約通訊員。十一年，升讀交通大學（校長盧炳田（孔生））工商業管理系；同年與吳靜波結婚（此據〈痛哭君豪〉：「以我們夫妻四十五載伉儷情深。」推算而得，同文作：「十一年升交通大學。」「二十一歲，君豪和我結婚，也就在這一年，他升入交通大學。」以傳主生於一九〇二年計算，是年年二十一）。十五年夏，交通大學（校長淩鴻勛（竹銘））畢業，為《申報》羅致，初任記者，後升編輯、副總編輯。十六年三月，國民革命軍（總司令蔣中正）第一軍薛岳（伯陵）師克復上海，是時冷欣任中國國民黨上海市黨部組織部長，故人重逢，相與研究黨義，旋加入中國國民黨；同年上海商業儲蓄銀行總經理陳輝德（光甫）創辦中國旅行社，又發行《旅行雜誌》，提倡旅遊事業，聘趙君豪為主編，雜誌圖文並茂，銷數達二萬冊以上，編務之餘，經常為雜誌撰寫遊記，其後彙刊為《遊塵瑣記》等書（「中國旅行社」版）。十八年，於東北易幟後，代表《申報》參加「上海報界視察團」，北上訪問；公餘擔任教職，歷任復旦、暨南、政治大學、上海商學院等校教授。二十三年冬，於《旅行雜誌》以提倡旅行為宗旨，範圍較其他刊物為狹，每期所採登之稿件，盡是國內外遊記，無非狀山水之勝而已，決定加以革新，於翌年增闢「旅行講座」一欄，規定每期訪問一人，「係就旅行的範圍內隨便提出一些問題討論。最大的期望，是要極力減免所謂「模山範水」的談話，而要獲得若干細小有趣味的旅行經歷譚」（《旅行譚薈》序），第一位接受訪問之人，為於聖誕節前三日訪問之九五老人馬相伯（良）。二十四年一月，訪問中央研究院院長蔡元培（孑民）；二月，訪問前交通大學校長葉恭綽（玉甫）；十月，與長兄爾謙訪問褚民誼（明遺）；同年「東南交通週覽會」編輯出版《東南攬勝》一書，與江家瑂主編。二十五年三月，自漢口沿粵漢鐵路南行，訪粵漢路株韶段工程局局長淩鴻勛於南嶽衡山，後直達廣州，所有沿線名勝古蹟，均駐足遊觀，復作香港、澳門之行，歸滬後成《南遊十記》一書（由葉恭綽題耑，「中國旅行社」版），十記依次為：「江行之樂」、「長江一日」、「淥河大橋」、「南嶽登臨」、「衡陽聞見」、「郴山郴水」、「山水橋洞」、「廣州名勝」、「澳門中山」、「香港遊觀」，附錄「漢粵紀行」，另插圖五十幅；十二月，撰《旅行譚薈》序於上海。

二十六年一月，出版《旅行譚薈》（「中國旅行社」版），由葉恭綽題耑，第四頁分別用英文、中文題上「To My Parents」、「此書謹獻於我的父母」，是書依訪問先後依序，收訪問馬良（相伯）、蔡元培、葉恭綽、許世英（靜仁）、潘公展、沈怡（君怡）、顧維鈞（少川）、蔣維喬（竹莊）、黃伯樵、王正廷（儒堂）、褚民誼、黃炎培（任之）、高鳳謙（夢旦）、李景樅、丁福保（仲祜）、淩鴻勛、王曉籟（孝賚）、陳光甫、吳開先、王雲五（岫廬）訪問記共二十篇，並附以各人之近照與題字；七月，抗戰軍興；十一月，上海淪陷，蟄居於租界「孤島」。二十七年，出版《中國近代之報業》（上海「申報館」版）。二十八年，升任《申報》總編輯，「申報館」設於英租界，在日軍環伺下，不改立場，繼續宣傳抗戰，日軍對《申報》言論與該報總編輯極表不滿，趙居豪任內設立清貧優秀子弟獎學金，其後各報紛起效法。三十年十二月，「太平洋戰爭」起，日軍開入租界，聞報，先將妻兒疏散，獨自搬到「申報館」樓上居住，繼續執行總編輯職務，及日軍包圍報館，指名通緝，始化裝出走，挈眷混於難民潮中，經蘇、皖、贛、鄂輾轉前往陪都重慶。三十一年，任中國國民黨中央黨部專門委員，旋改任秘書，負責辦理對海內外之宣傳工作，公餘至黃桷椏復旦大學兼課，著有《上海報人之奮鬥》一書，記日軍開入「孤島」後，上海新聞界人士與敵偽搏鬥之種種經過。

三十四年八月，抗戰勝利。三十五年初，離渝返滬，任《申報》副總編輯，負責編輯部行政事宜，又主持中國旅行社發行之《旅行雜誌》，其後當選為上海市參議員。三十六年冬，當選為出席行憲第一屆國民大會代表，代表自由職業團體。三十七年三月，至南京出席國民大會；四月，大會選出蔣中正（介石）、李宗仁（德鄰）為中華民國第一任行憲正、副總統。

三十八年五月，於上海淪共前三日，挈眷由滬飛臺，設辦公處於臺北重慶南路《申報》辦事處舊址，旋與范鶴言、余紀忠等合力創辦《經濟時報》，任總編輯，又將《旅行雜誌》繼續出版，後以題材範圍有限，出至第二十四卷第三期停刊。三十九年四月十五日，在臺北創刊月刊《自由談》雜誌，任發行人，「以山水・人物・思想」為中心題材，刊名顯然取自原《申報》副刊之一之〈自由談〉，藉以表示不忘大陸舊業之至意，創刊號自編輯到發行，全由創辦人一手操持，章君穀為其助理。其後長期延姚朋任執行編輯、主編，姚朋辭職後由續伯雄主持編務；五月，膺臺灣省政府（主席吳國楨）之聘，任臺灣「新生報社」副社長兼總經理（社長謝然之），上任後殫智竭慮，經營策劃，首自修訂規章制度，與激發同人新觀念入手；十月二十五日，值臺灣省光復五週年，編印《光復紀念特刊》，一舉而為報社爭攬廣告三十餘萬元，財政基礎漸次奠立，自此《新生報》編輯與業務並重，發行與廣告爭先，不數年間，由虧而盈，發行、廣告收入激增，於是建大廈、購新機器，業務大為擴展，基礎日益鞏固。四十一年六月，率領「中國新聞界訪問團」訪問菲律賓，此行順道為報社發展該地之發行、廣告業務。四十三年三月，出席第一屆國民大會第二次會議，蔣中正、陳誠（辭修）分別當選為中華民國第二任正、副總統；十一月，光復大陸設計研究委員會成立，由副總統陳誠任主任委員，後奉委為委員。四十六年，由是年起，於三年內先是應邀訪問日本、越南、香港，嘗於謝然之任教美國南加州大學一年期間，任《新生報》代理社長，公餘兼任世界新專、中國文化學院（中國文化大學前身）等校教授。四十九年二月，出席第一屆國民大會第三次會議；四月，大會選出蔣中正、陳誠為中華民國第三任正、副總統；同年應美國國務院（國務卿赫特）之邀，赴美考察三個月，遊美途中受洗為基督徒，又以所見所聞為《新生報》撰寫通訊稿件，歸途順道往遊歐洲各國。

五十年，年六十，一月，出版遊記《東說西》；六月，《新生報》改制，「新生報業公司」成立，由謝然之任董事長，王民繼任《新生報》社長，趙君豪調任南部版「新聞報社」首任社長，於辭去總社總經理兼職後，偕夫人南下高雄履新；八月（阮毅成〈悼老友君豪兄〉誤作五十一年夏季），出席以文化、教育、科學問題為主之「陽明山第二次會談」。五十一年，凌鴻勛應《自由談》之請，連載《七十自述》，歷時年餘，共十二萬言。五十三年春，因家務羈絆，請辭「新聞報社」社長職務（任內《新聞報》銷量與廣告激增，以盈餘興建新大樓、新宿舍），總社准予所請，由候斌彥繼任社長，任趙君豪為《新聞報》發行人，以迄去世；五月，以「誼列門牆，義弗敢辭」，敬撰凌著《七十自述》序於臺北；十一月，值阮毅成花甲之慶，親自將摯友歷年為《自由談》所寫之遊記，彙刊為《東南西北》一書（「自由談雜誌社」版，列為「自由談叢書」之一）以祝。五十四年十一月十二日，值國父百年誕辰，同月「中山學術文化基金」董事會成立，由王雲五任董事長，阮毅成任總幹事，以阮毅成之薦，任獎助組組長。五十五年二月，出席第一屆國民大會第四次會議；三月，大會選舉蔣中正連任第四任總統，嚴家淦（靜波）為第四任副總統；八月，以左臂痠痛，入臺北榮民總醫院診治，醫者斷為肺癌，只有三個月壽命，家人於絕望之餘，以鉅金延中醫趙峰樵「包醫」，醫生保證病人「十月十日可以自行到花園散步，三個月後癌去病除」；十一月六日清晨七時零五分，因肺癌在臺北市寓所去世，年六十五歲，十一日，舉行公祭，總統蔣公頒題「讜論流徽」輓額一方，同日暫厝陽明山第一公墓殯舍，由冷欣任安靈祭主祭，二十日，假臺北市新生南路基督教浸信會「懷恩堂」舉行追思禮拜，由張繼忠牧師主持；十二月一日，《自由談》月刊第十七卷第十二期彙刊謝然之、趙吳靜波、阮毅成、淩鴻勛等十六人之紀念文章為悼。

附錄二

痛哭君豪

未亡人趙吳靜波

一

和君豪結褵四十五年，形影相隨，不離須臾，共艱辛，歷患難。一旦他長瞑不視，撒手塵寰，我竟極端反常的流不出眼淚，但覺昏昏噩噩，如夢似幻。人間慘痛，至於至極，乃會達到這樣的境界，確實令人不可思議。然而每當在迷茫之中，被兒孫輩的慟哭驚醒，見孝幔低垂，香燭繚繞，君豪在高雄所拍的那張放大照片，栩栩如生，正以一種撫慰鼓勵的神情，凝望著我，——於是我驀地想起，一世恩愛夫妻，如今竟已幽明永隔，我再也聽不到他朗爽的笑聲，親切的叮嚀；我清醒了，這是殘酷的現實，而不是神志惝恍時的幻景，我立刻淚下如雨，痛不欲生。方期白首偕老，何堪中途一訣，死神，你為何奪走吾家擎天柱似的君豪！

君豪一生忠黨愛國，盡瘁文化新聞事業。他誕生於民前九年端陽後二日，六歲束髮受書，就讀於興化趙氏私塾，民二升昭陽小學，民六入江蘇省立第二師範學校。江蘇興化，是他的故鄉。這座四面環水的城市，沃野百里，盛產魚米，古來即以人才輩出，風土淳厚著稱。君豪幼時以孝友聞，弱冠以前，文筆雄健，民國八年考入交通部上海工專中院，十一年升交通大學。當時全國大報，素以上海《申報》歷史最久，規模第一，主筆政者率為知名之士，卓然方家，而君豪以十八歲的一位中學生，便成為了《申報》的經常執筆人，或論說，或記事，每一篇出，都能傳誦遐邇，轟動一時。因此，《申報》敦聘他為特約通信員，對於一個青年學生而言，這是一份無上的殊榮。

二十一歲，君豪和我結婚，將近半世紀，他一直是最理想的丈夫，最慈愷的家長。也就在這一年，他升入交通大學，一所國內克享盛名的最高學府。他唸的是工商管理系，然而在民十五年畢業以後，立刻被《申報》羅致，開始以文章報國，長才得展，不次擢升，由記者、編輯、副總編輯而做到中國第一大報的總編輯，他在《申報》總編輯任內，首創社會服務，設立清寒優秀子弟獎學金。嗣後各報紛起效尤，數十年間，不知為國家造就多少人才。而當年他只不過三十八歲，他成為中國新聞事業的中堅，他從無奧援，不曾受過任何人的汲引，他孤軍奮鬪，所憑恃的是一隻筆，一腔憂國憂時的孤憤，以及，一片對人對事的忠誠與愛心。

民國十八年，他被延攬入中國旅行社兼任主編工作，由他一手經營擘劃，創辦了異軍突起，四海風行的《旅行雜誌》。不旋踵間，這份圖文並茂的雜誌銷售到兩萬份以上，成為我國最著名、最具規模的定期刊物之一。在這一段時期，他所撰寫的遊記，由於風格清新，刻劃入微，為近代白話文遊記開闢了新的途徑，對於後繼者的影響極大，往往一篇問世，口碑載道，經過友好一再的敦促，他曾編了兩個集子出版。是為習作遊記者今猶奉為圭臬的：《南遊十記》，和《游塵瑣記》。

同時，他又以多年從事新聞事業的親身體驗，認識與見解，利用公餘之暇，完成了兩部巨著：《中國近代報業》，與《上海報人之奮鬥》。前者至今仍為大學新聞系教授編寫講義時一再引用。

二

君豪一向刻苦努力，鍥而不捨，他自奉甚薄，對於妻子兒女乃至孫輩全心愛護，無微不至。他的許多朋友曾經說他：「豪老比通常人多了百分之九十九的努力，卻少了百分之九十九的享受。」

他辦報、經營雜誌，寫文章增加筆耕收入，這麼勞瘁猶嫌不足。夜晚編報寫稿，白日處理雜誌事務。自民國十八年以迄他逝世之前，君豪一直都在利用餘暇擔任教職。一方面作育英才，一方面何嘗不是為了增加收入貼補家用。將及四十年來，他曾擔任過復旦、暨南、國立政治大學、上海商學院、世界新聞、中國文化學院等校教授，桃李門生，幾遍天下。

民國三十年十二月，日本軍閥瘋狂黷武，珍珠港事變，太平洋戰作，日寇入侵上海租界，國際風雲險惡，君豪早有預覘，他為了貫徹書生報國的素志，一息尚存，絕不退卻。在日軍環伺之下，獨自搬到《申報》樓上，繼續執行他的總編輯任務，置個人生死於不顧，將他一日不可輕離的妻子兒女，先行疏散。每一位瞭解君豪的親友都知道：做這樣一個重大的決定，在他是多麼痛苦和困難的事情。

三

誠然，每一個人都熱愛他的家庭、妻子，與兒女。但是，君豪的戀家在朋友中是出了名的。自我和他結婚以來，不論工作怎麼忙碌，應酬如何繁湊，只要有短暫的閒暇，他總是盡可能的和家人盤桓在一起。在家裡，他是溫煦的陽光，快樂的源泉，他的摯愛，吹拂著每個人的心田。兒子結婚了，女兒出嫁了，孫兒孫女一個個的誕生，我們的家族越來越龐大，孩子成家立業，應該讓他們自立門戶吧？不，君豪的內心中，無時無刻不在希望全家大小，一人不缺的日夕團聚。編報寫文章的人需要有清靜的環境不是？並不一定。君豪就寧願一家將近二十人擠在一幢房子裡，歡聲談笑，孫兒女們遊戲喧鬧，他能在嘈雜聲浪中滿面笑容，振筆直書。不時還要回過頭來，參加愉悅興奮的談論，或者，跟孫兒女們頑上一會。有時候我怕孩子們對於他的寫作太吵擾，他會反過來說：「不要緊，不要緊，讓他們熱熱鬧鬧，我反倒文思泉湧。」

兒子女兒結了婚，他盡可能的留他們住在「老宅子」裡。兒子、女兒、媳婦、女婿，他一視同仁，慈暉普照，孫兒孫女，他更加媽愛。對於家中的每一個人，他關心他們的工作、生活、情緒，甚至於問暖噓寒，穿衣著裳。——孫兒女該註冊了，老祖父常常親自驅車去繳費；

每次經過子女孫兒就讀的學校，他還會停步下來，悄悄的向裡面張望。

往往，家裡面明明有十幾個人，各人在做各人的事，靜悄悄的沒有一點聲音，其實，人人都在守候「爹爹」下班的時刻來臨。俄而，汽車駛近，喇叭一響，所有的孩子不約而同跳了起來，爭先恐後，高喊「爹爹」，又笑又鬧的奔出門去迎接。連豢養的小狗，都跟著孩子們飛奔狂吠，一剎那間，全家洋溢著歡笑的聲浪。於是，「爹爹」進門了，身畔簇擁著蹦蹦跳跳的孩子，君豪，他滿面紅光，喜氣洋溢，愉快的眸子掃過家人的臉上和身上，經過和煦陽光的愛撫，一縷溫暖，洋溢心頭。——我被擠開在一邊，凝望君豪的臉色，容光煥發，毫無疲態，我明明知道他在外面緊張忙碌了一整天，但是只要回到了家，他便將一切的疲倦、勞累、困擾和不懌，全部拋諸九霄雲外。我更了解，這是他一天之中最歡欣快樂的時間。

大飯桌子上，一家人笑口常開，團團坐著，孩子們的口袋裡，肚皮底，都有著「爹爹」方才帶回來的糖果或食品。每天回家，他一定會在百忙中抽空，一面急於回家，一面匆匆忙忙的給家人買點喫的用的東西。——飯桌上，他更興高采烈的在說話，說些趣聞、故事，逗全家人哈哈大笑，然後，努力加餐。

傍晚，他又儘量抽出時間，和孩子們談談笑笑，陪著我絮話家常。我每每憐愛的望著他苦笑，君豪，除了工作與家庭，你何曾有過屬於自己的時光？他常說，人生最難得的是靜趣，他嚮望一几一椅，坐在大院子裡，看夕陽落照，聽輕風拂耳。然而，他幾時有過這種閒豫？和家人一室相處，他還嫌恨時光流轉，未免太快呢？

夜深了，孩子們各歸各的房間，一上床便沉沉的睡去，君豪呢，他必定要親手招料我睡好。時常，我都假裝著閉了眼睛，耳朵裡聽見他輕鬆的吁一口氣，搓搓手，回到書桌上，繼續寫文章，看校樣。四週但有一點聲響，他立刻會凝神的傾聽。

四

我必須承認，我曾是世界上最幸福的女人，結婚以後，雖經戰亂頻仍，顛沛流離；但是，我在君豪細心熨貼，無微不至的愛護之下，我從不曾遭受過任何的困難和險阻。時今我已白髮斑斑，垂垂老矣，我仍然要說：君豪對我的愛，數十年如一日。有時候，我簡直以為他將六十餘歲的我，視為溫房裡柔弱的花卉。

民國四十九年，君豪應美國國務院邀請，赴美考察，歸途順道往遊歐洲大陸，預計我們將有好幾個月的別離。臨行前夕，我相幫他收拾行裝，一轉眼，梳妝台上，我那張彩色放大的照片不見了。我正錯愕，頭一低，看見果然是他拿去，他將那幀照片塞在衣箱深處，回過頭來，他向我做了一個苦笑；一個預支離愁，無可奈何的苦笑。

返國不久，由於他調職高雄，我們兩夫妻放心不下留在臺北的兒孫，經常僕僕縱貫線上，兩頭奔跑。我的體質本弱，不堪勞累，神經衰弱宿疾又發，難為了君豪，他所表現的深情是我無法報答的。他為我的病深切自疚，入院治療時期，他不但每日以淚洗面，而且，他堅持放下一切事務，親自到醫院裡伴我。每夜，以六十多歲的高齡，就睡在病床前面的地板上。有時候非寫文章不可了，趁我睡著，悄悄的把稿紙攤在窗台上寫。病房中光線黯淡，他又怕強光照射到我的眼簾。我分明看見，他右手在揮洒自如，卻舉著左手，將窗帘推開一線，他就靠這一線光明寫作。

人在醫院，一顆心丟不下工作，又放心不了家裡，每天回家喫一頓晚飯，和兒女孫輩們聚聚。在那麼長久的時間裡，他喫飯的時候從不坐下，始終站著契。他說他一定要等到我病體痊癒，他才肯坐下來喫飯。他站著，孩子們當然也得站，一飯廳的悲愴與沉鬱。

五

傷心淚盡，我已不忍再抒寫。讓時光倒退到民國三十年，君豪擔任《申報》總編輯，大敵當前，重責在肩，他會毅然決然的和一家生離死別。一口皮箱，一捲舖蓋，他獨自搬到了《申報》樓上。威武不能屈，富貴不能淫，他以捨生取義的大無畏精神，維護《申報》光榮悠久的傳統，宣傳抗戰，打擊敵人。日本軍隊將《申報》包圍，指名通緝趙君豪，斧鉞加身，奉命撤退，君豪不得不化裝出走，但是他堅持要從正門出去。卻沒有想到，正門已經站好日軍的衛兵，長鎗交叉，刺刀耀眼，出門的中國人都要從刺刀底下鑽過。君豪被愛護他的同仁強推出門，通過了刺刀，他憤慨得熱淚橫流，孑然一身走到一家餐館；叫了一客蛋炒飯，食不下嚥，望著那一盤飯潸然落淚。

得到有關人士的協助，君豪以日寇嚴令緝拿之身，歷經險辛，幾度死裡逃生，穿越江蘇、安徽、江西、湖北，危機四伏的淪陷地區，和槍林彈雨的戰地。托國家之洪福，他總算安然無恙，抵達陪都重慶，參加神聖偉大的抗戰陣營。

起先他奉派為中央黨部專門委員，旋不久改任秘書，負責辦理對海內外的宣傳工作。他的服務紀錄顯示，他做了四年標準優秀的公務員，在宣傳工作上，他獻替良多。

八年浴血抗戰，大後方同胞生活普遍艱苦。洪聲、振聲、冰姿、美姿都在讀大學中學，這是我們全家生活負擔最重的時期。《旅行雜誌》停辦，寫文章所獲的稿費為數戔戔，多年來克勤克儉，稍微有了些積蓄，都在大動亂裡一掃而空，君豪不願妻子兒女太苦，他儘量撙節自己的花用，勞心勞力，增裕收入，他再度利用公餘之暇兼課，又次任教於復旦大學。復旦遠在嘉陵江畔的黃桷樹，戰時舟車不便，交通費時，他常年累月，僕僕風塵，他咬緊牙關，在苦難中仍然成天掛著笑容。

卅四年八月，日本無條件投降，八年抗戰宣告勝利，舉國歡欣若狂。我們一家日夕盼望著及早買棹東下，回到上海。但是由於復員人多，船票機票難得，一直等到四個月後，方始成行。到上海後君豪仍回《申報》工作，擔任的職務是副總編輯，他負責編輯部的行政事宜。

因為他文名藉甚，素孚人望，國家實施憲政，還政於民，君豪受到很多人的愛戴，身不由已，涉足政治。他當選上海市參議員，不旋踵又獲選行憲第一屆國民大會代表。

倏忽四年，共匪倡亂，大江南北紅潮氾濫。君豪又一度面臨巨變，他從容鎮靜，有條不紊，將《申報》編輯部同仁的出處，一一妥為安排；然後他挈領全家，在共匪竊據上海的前三日，安全飛抵臺灣。

君豪服膺總統的高瞻遠矚，真知灼見，認為反共抗俄是一長時期的艱苦鬥爭。他一到臺灣，便作長久的打算，賃屋居住。同時在重慶南路《中報》辦事處舊址，基於公私分明，他按月付給房租，闢了小小一角之地，設立一個辦公地點，開始為《自由談》的誕臨做籌備工作。與此同時，他和范鶴言、余紀忠諸先生，合力創辦《經濟時報》，擔任總編輯，以盡報人之本責，為中興之鼓吹。

六

卅九年四月，揭櫫山水、人物、思想為中心課題，《自由談》雜誌終於宣告誕生，內容充實，編排美觀，型式新穎，廣告特多。創刊號一出，不數日搶購一空，大有洛陽紙貴，人手一冊之概。君豪生平無論做什麼事，總是以赴，精神全部貫注，辦《自由談》自不例外，從封面到封底，自邀稿、集稿、畫樣、發排，到一校、二校、清校、付印、裝訂、發行；他事必躬親，不憚煩勞。而且，由《自由談》創刊號到他病逝以前印行的最後一期，我敢於說，沒有一篇文章，一字一句，不曾經過他細心校對，再三斟酌。

三十九年五月，君豪膺臺灣省政府之聘，出任臺灣《新生報》社副社長兼總經理。和社長謝然之先生通力合作，希望在篳路藍褸，斷垣殘瓦中，重建高樓入雲，燦爛輝煌的臺省第一大報。君豪赴《新生報》就職之初，正值謝然之先生接任不久，《新生報》舊樓搖搖欲墜，險象環生，而印機陋舊，故障時起。需待更新改革之處，誠所謂百廢待舉。君豪感於受知謝先生之深，殫智竭慮，經營策劃，首自修訂規章制度，與激發同仁新的觀念入手，編印光復紀念特刊，一舉而為報社爭攬廣告三十餘萬元。財務基礎，漸次奠立。

自此，《新生報》編輯與業務並重，發行與廣告爭先，不數年間，由虧而盈，發行廣告歡入激增，於是建大廈，購新機器，浸假而有今日之規模。

君豪自奉儉約，嚴於律己，他個性仁厚豁達，坦蕩磊落，他的一生，可以敬業樂群四字，作一概括。他是文人，但是並沒有「名士風流」的習氣，他是事業家，卻亦毫無奢靡濶綽，揮金如土的作風。他歡事孜孜矻矻，做人硜硜自守。他在《新生報》肩荷重責，一面利用每天夜晚，星期假日，一手經營他的《自由談》。舉幾個例，可以表現他的涇渭分明，一絲不苟。十六年來，他從不在《新生報》辦理《自由談》的事務，即令寫一封信，他也絕不利用《新生報》的一個信封，一張信紙。他不浪費時間，不浪費金錢，一草一木，只要有利用價值，他就不會輕易拋棄。他幼習顏字，寫字字體稍大，所以他不用有格稿紙，他許多為讀者傳誦的篇章，都是利用家中訂閱的《中國郵報》，翻過來在空白的那一面寫成。大女婿單千齡幫他整理帳務，他都堅持按月給酬，《新生報》同仁在《自由談》發表文章，他格外的優給稿費。生平最怕沾別人的光，這是君豪性格上最可愛的一面，因為，我自己也是這麼樣的一個人。

對於朋友同事，藝業長者，君豪唯有敬而親之，處世不論賢劣與否，一概愛而好之。因此有人說他是好好先生，從未見他對待任何人疾言厲色，慍惱憤恚，其實他是在以一片愛心，希望人人從善如流，進而使社會上各種關係，一致趨於和諧。他對最親近的朋友學生加以規勸時，常說：「君子之善善也長，惡惡也短，惡惡止于身，善善及子孫。」同時，他向來謙冲自抑，服膺「善刀而藏」的原則，愼於出處，不輕易呈露才華。管子：「善氣迎人，親于兄弟。」他是真能做到這一點的，以此，他的忍讓全部出於內心，在他皈依基督之前，信、望、愛的精神，早已完全的支配了他。

七

大概是民國四十八年，謝然之先生應美國南加州大學之聘，赴美任教一年，他請君豪代理《新生報》社社長，職責重大，但是以他和謝先生聲應氣求，相知甚深，一年期間，總算毫無隕越。謝先生榮旋之日，偕謝太太曾親來寒舍，對於君豪的勞績，極表心感。

民國五十年六月，《新生報》改制，君豪忽然奉調南部版《新聞報》社社長，當年，正值他花甲之慶，馬齒日增，加上自壯及老多年勞瘁，精神體力，大不如前。《新聞報》遠在高雄，編輯業務，那時頭緒頗為複雜。君豪不是怯於繁劇，實以兩兒兩女全已成家，一家團居，含飴弄孫，是他唯一的樂趣與享受。偕同南遷固不可能，他便有所猶豫，而家人也不放心讓他獨自一人，索居南部。這時，報社裡不斷有人前來「促駕」，頗有「箭在弦上，不得不發」之勢，暗則示意，明則敦勸，先請他辭了總社總經理兼職，家裡面人見他進退維谷，煩惱苦悶，不時流露憂急之色，偶或繞室徬徨，垂頭喪氣。凡此種種，都是六十年來從所未有之事。自我以下，全感到痛心疾首，不勝憤恚，如今想來，確是我未能瞭解他「愛護朋友，顧全大局」的苦心孤詣，因為我就會一再堅請他拒絕調職，留在臺北。激動時，我不免也說氣話：「十二年來，你對《新生報》有很大的貢獻，無數的勞績。為什麼？人家為了遂一己的私心，就非要把你排開不可。依我的意思，你根本就不需要辭兼職；同時，更沒有委屈求全，調赴南部的必要！」

家人的意見，反而使他更增徬徨痛苦，因為，事實上君豪熱愛家庭，而且他也愛重《新生報》的朋友，他本可以用拒調或辭職不幹的辦法來應付，然而，他一心顧全大體，唯恐增加謝先生的困難，使他處理那個煮豆燃箕的局面，為之棘手。君豪不是一個「識得愁滋味，卻道天涼好個秋」的人，他率真坦直，為人過於熱情慷慨，假如這一次不愉快，純粹是對於他個人的，我相信他必會據理力爭，義無返顧。但是，他太重視全友道，於是他寧願犧牲自己，極痛苦的吞下一枚惡果，而將一切所不應該加諸於他者，付之隱忍。「寒日飲冰，點滴心頭」，君豪為此次隱忍所付出的代價，他和我都深切體會，君不見，這一位習於內歛，不善排解宣洩的好好先生，調赴高雄以後，連他抽了四十多年，一日兩包的香煙都戒除了。

新生報業公司成立，謝然之先生任董事長，王民先生繼任《新生報》社長。

在高雄，他又面臨艱巨，治棼理亂。起先，他住過旅館，後來，才租了一幢小房子，把我接去同住。前後歷時三年，我們倆只有一燈相對，埋頭工作，聽不見孫兒女們的笑語殷殷，歡聲陣陣，一堵圍牆，圈住一個淒涼寂寞的小天地，偶而聽見鄰家樂敘天下倫，傳來的歡聲笑語，我們只有相視苦笑。

但有一日空閒，他便會興沖沖的，自掏腰包，買兩張最快抵達臺北的車票，和我一路馬不停蹄，帶著熱烈欣喜的心情回家。然而，歡呼方起，驪歌又唱，歸途中，兩個人黯然無語，坐候飛快車一站站的駛近高雄。

八

高雄三年，他為《新聞報》所作的努力，是有目共睹，永遠無法抹煞的。報社人事，他使全體同仁和衷共濟，群策群力，報紙的銷路激增，廣告收入豐裕。《新聞報》賺了錢，他又大興建設，在中正四路，建起了嵯峨崇麗的新大樓，在適當地點，他為同人蓋好了舒適美觀的新宿舍，甚至他利用私人友誼的支助，為《新聞報》設置疏散工廠，平時，開放對外營業，成為《新聞報》營業外收入的大宗。

當一切均已就緒，《新聞報》步上光明燦爛的康莊大道，他肩頭的擔子輕了，鬆一口氣，而我們也漸漸發現，遠離兒女孫輩，臺北的「老家」，在高雄白髮相對，索居三年，我們終於習慣了些。君豪對於自己在短短時期裡的成就，他從不躊躇滿志，卻也難免沾沾自喜。他正想百尺竿頭，更進一步，將他對新聞事業的構想，促其實現。未幾，君豪因我患疾住院，不願貽誤公務，呈請辭職，總社派侯斌彥先生重長《新聞報》。對這一位新聞界的老兵，加以最尊榮的職銜，君豪奉聘擔任《新聞報》發行人。

新愁舊憾，齊集心頭，君豪一樣的是血肉之軀，他不是超人。他頻頻的向我述說回臺北有多好多好，我卻直覺的以為他言不由衷。他不慍、不惱、不怨、不怒，但他已將層層的鬱鬱慔慔，凝結深心。高雄《新聞報》發行人榮旋臺北，同仁歡送如儀，在表面上一切都是那麼順利自然，他面泛苦笑，和侯斌彥社長以次諸同人揮手道別。——又兩年，歲月何其匆匆，當榮民總院的醫師宣佈君豪可能患了肺癌，當好幾位醫生分析他患癌症是由於憂憤鬱心，化為絕症。一時間，前塵往事，催我熱淚如雨。

高雄《新聞報》發行人的職銜，在君豪逝世的次日，似乎來不及辦理發行人變更申請手續，立刻予以取銷。

九

君豪罷疾，早知不治，他仍勉持笑容，編些誑話來安慰我。他不曉得我早已淚灑心田，暗裡飲泣，但恨沒有放聲一慟的機會。謝然之先生友情彌足珍貴，他是那麼樣忙碌，卻仍一連到醫院探疾六次。他的隆情盛誼，存歿永遠感念。謝先生和君豪是生死不渝的至友，他和君豪並肩努力垂二十年，他們兩人相知之深，實難為隔靴搔癢者所瞭解。君豪的職務一調再調，致於憂憤，謝先生確實是和他同樣的有著無可奈何感的。

「夫子何為者，栖栖一代中，地猶鄹氏邑，宅『成』魯王宮」，原諒我痛感君豪之一再功成身退，際遇蹭蹬，竄改了唐玄宗詩一字，便於援用。

鬱結成癌，這是醫師對於君豪所批的脈案。君豪自八月初罷疾，承謝然之先生協助，赴榮民總院住院診療，未幾，醫師判明癌症，婉請我們回家休養。當時，我心碎片片，肝腸寸斷，一家大小，眼巴巴的望著敬愛的家長，一步步走上死亡之路，「昔日戲言身後事，今朝都到眼前來」；此情此景，人何以堪？但是從我自己一直到最小的孫兒女，人人都得強顏歡笑，裝做什麼事情也不會發生。以往曾有度日如年的感受，那時只覺得時光流轉，何其突迅？每聽鐘聲一響，或聞時鐘滴答，我們都會驚得跳起來，又一點鐘，又一分鐘，又一秒鐘絕不容情的渡過，而醫師曾經暗示：君豪的生命只能維持三個月。

為了減除他的痛苦，激起一線希望，我們明知受欺騙，被壓榨，也唯有急病亂投醫，央求朋友，卑躬屈膝，去請教中醫博士，治癌專家。他開出了苛刻的條件，卻也給一家大小帶來衷心的欣慰。他要我們預立治癒證明書，限定我們不許延請任何其他醫師，然後他斬釘截鐵的說：君豪的病不會再有危險，他負責包醫，保證君豪在雙十節那天，即可自行到花園裡散步。三個月後癌去病除。

我們將這位中醫博士視為救命恩人，一切遵照辦理，言聽計從。君豪服食的藥品由他供給，一個多月醫藥費用多達五萬餘元，我們竭力摒擋，悉索敝賦，流水般的金錢花得毫無怨言，衷心唯有感激。然而，某次他滿面怒容的來到舍下，就在君豪的病榻之前，雙足暴跳，大發雷霆，原來是《華報》上登了一段文章，對他的醫道有所批評。全家人被嚇得六神無主，幾乎要全體下跪，請他息怒，以免刺激垂危中的病人，而且罰咒立誓，說明登這段文章確實與我家人無關。最後，瀕危的病人氣喘吁吁，躺在床上連連的向他作揖求饒。眼淚在一家大小每一個人的眼眶裡滾動，大醫師仍然餘怒未息，他要我們在《自由談》上，一連刊登兩次歌頌他是癌症專家的廣告。

十一月五日，君豪的精神很好，他確曾下床走動，並且略進飲食。然而就在這一天，大醫師改了藥方，君豪服食過後，躺回床上休息，即感四肢乏力，動止維艱，翌日清晨七時零五分，竟然一瞑不起，臨終不及半字遺言。嗚呼慟矣！一家十七口人，強忍了兩月之久的熱淚，如長江大川，一發不可遏止！

君豪的死期，距離榮民醫院醫師所作的推斷，竟被這位中醫博士提前了一兩個月。這一兩個月的每一分秒，都是我們全家甘願付出任何代價，不惜全力爭取的。

恕我要做一件君豪生前可能雅不欲為的事：我勢必宣佈這位中醫博士的大名，倘若因此引起一切可怕的後果，我也無法計及。因為我要這樣做，並非基於個人情感上的理由。如所週知，君豪素來主張廣告必須淨化，《自由談》上，從不刊登含有欺騙性質的廣告。而我，卻由於急於挽救君豪，竟自作主張，瞞著君豪，受中醫博士的要挾，在《自由談》上登了兩次歌頌癌症專家的啟事。這一點，我不但難獲君豪的寬恕，而且，我深感愧對愛好《自由談》的萬千讀者。

這位中醫博士，連日已經受到輿論的指摘，他是趙峯樵。願上帝有以證明他的仁心仁術。

十

君豪之喪，蒙國民大會，光復大陸設計委員會各同仁鼎力協助，總統蔣公頒題「讜論流徽」輓額，嚴副總統暨李嗣璁、謝冠生、張維翰、谷正綱、王雲五、張知本、徐柏園、蔣經國、陶希聖、于斌等諸先生親臨致祭。十一日大殮發引，白馬素車，送葬親友車隊長達數百公尺，哀榮備至，存歿俱感。

即令在病榻上，垂危時，君豪仍念念不忘他一手創辦，為平生理想寄托的《自由談》。他愛《自由談》勝過他的生命，他的家人。因此，當蓋棺之際，我一面頓足號啕，一面伸出顫抖的手，我在容貌如生的君豪身畔，親手放下一本新近出版的《自由談》，一本他手著的《東說西》，以及一張我們兩夫婦的合影。

篤！篤！篤！巨大的木釘鍥牢棺木，我但覺天旋人轉，大地崩裂。長眠了，六十五歲壯健猶如青年的君豪。以我們夫妻四十五載伉儷情深，你這一去，黃泉路冷，形隻影單，該是如何的淒愴悲涼！我原該死生相隨，與你同行。但是，請恕我，君豪，二兒二女，孫輩八人，何況還有你視同生命，應該永垂不朽的《自由談》。君豪，你心目中猶如溫室弱枝的我，如今是竭力振作，強自打點精神，我必須維持《自由談》的存在，為你最最戀念的這一個家，貫徹你的職責與愛心。

安息吧，我摯愛的君豪。我知道，我懂得，《自由談》倘能為萬千讀者繼續愛好，你便雖死猶生，精神永遠不死。

十一

十一月二十日，臺北氣候轉寒，一天陰霾，萬木蕭瑟，我們在新生南路基督教浸信會懷恩堂，為君豪舉行追思禮拜。由張繼忠牧師主持，親友參加，數逾百人。當謝然之先生追述君豪生平時，對君豪生前人格之偉大，品德之崇高，備致讚揚，同時列舉他對《新生》、《新聞》兩報的卓越貢獻，指出君豪在報業經營上有特殊成就，過人才華。愴念痛悼之情，溢於言表。說到後來，謝先生語音哽咽，聲淚俱下。這一幕，使我受到極強烈的震撼，謝先生是志誠君子，宅心仁厚，數十年來公忠體國，多所建樹；他和君豪，在基本性格上，有許多相似之處，也可以說他是最瞭解君豪的一位好友。他當日的追述，以及他在《新生報》上發表的悼念文章，純然發乎他的深心，或可作為君豪的蓋棺之論了。

君豪生前，最愛徜徉山水，尋幽探勝，以與大自然同呼吸，共脈搏。陽明山靈秀鍾毓，景色清麗，因此，親友們決定卜葬於陽明山公墓。名山大谷，從他的塋地，可以遙遙望見他戀戀不捨的臺北家園。十一月中浣，由於墓廬建造，猶未竣事，十一日發引，暫厝陽明山公墓殯舍。從這一天起，不論陰晴，我每天親率兒孫，上山一次，在他的靈前祭拜，喃喃祝禱。治喪經過，和家中大小各事，我都像他在生前一樣，藉由心聲，訴與他知。每每風雨淒其，寒冽撲面，我會恍惚以為是君豪在替我揩拭流不盡的眼淚。舍下，客廳裡佈置了靈堂，晨昏三炷香，兒女孫輩，竟日不斷的在靈前磕頭上供。平時，一家人圍坐在靈桌旁邊，淚眼婆娑，手裡在折疊紙鏹，猛抬頭，卻見君豪的遺照，溫熙慈愷，正以愛憐撫慰，予我注視，我忍不住想要大聲疾呼：

「君豪，你沒有死，你沒有死！你永遠活在我們的心中！」

附錄三

願《自由談》與豪老大名同垂不朽

——謹悼老友趙君豪兄

陳紀瀅

知道君豪兄的大名，遠在抗戰以前，我在上海的時候。因為那時，我也是新聞界的一員。說來大家或許不相信，直到三十九年，我倆在臺北才晤面。抗戰末期，他由上海到重慶供職中央黨部，報紙上也登戴過他留滬期間的愛國事蹟，可是在渝市，竟緣慳一面。後來我們談起來，常常以相見恨晚為憾。

自三十九年春天起，此後十六年內，我與他見面的機會比一般朋友為多。我們有一個小規模的聚餐會，前十年內，一兩個月內必有一次宴會。後來漸稀，但也總隔上三四個月有一次。並加私人約會，以及公共場合相聚，見面機會仍不少。每次宴會，我倆必比隣而坐，而且一定把近來感觸暢談一番。

從一開始，我便喜交豪老這個人。第一，他永遠是那麼和藹可親，從來沒有疾言厲色對待過人；第二，他說得一口地道上海話，棉軟得好聽，而有幽默感。最初我們飯團中有某公，頭髮不多，每次見面，他必與豪老互開玩笑，彼此以「猪玀」、「猪玀」地相逗罵。第三，豪老是一位外圓內方的人，辦起事來，非常認真，而且公私分明。有事相煩，必竭力而為。第四，他對文化事業有見解，有抱負，能策劃，擅交遊，所以凡他負責的事，必能成功。第五，他非常提攜後進。據我所知道，有少數跟他作過事的年青朋友，曾背地裡講豪老的壞話，豪老知道了，一笑置之，仍舊照常接近他、扶持他。

我想他還有不少美德，非我盡知。總之，他為人和善、謙誠、幽默、負責與助人等等個性，是多數朋友們皆知，而欽佩無已的。

我記得見面最多，而且過往最密切的一段時期，是他任《新生報》副社長兼總經理任內。

當時新生大樓竣工未久，立法院仍以中山堂為議場，每逢二五我去開院會，遇無重要法案，常常跑到他的辦公室內作無事拜訪，聊上一、二十分鐘，倍感愉快。我也時常被拉著為他主辦的《自由談》寫些應景的小文章。十幾年來，大概也有幾十篇了。

豪老不愧為新聞界老手，從來不吝惜讚揚人，（這是某些先生們怯於口的。好像捧了人自己就吃了虧似的。）讓對方遇有所求無法推辭。他也在無事時交結朋友，一旦有命，無不相報。像這些地方都是中國固有文化中的美德，可惜被年輕的朋友們鄙視了。

豪老的書法相當講究，他曾為《新生報》大樓竣工寫過一塊匾，現在仍鑲嵌在《新生報》二樓樓梯處。他寫的近顏體，又不完全是，自成一家，非常遒勁豪邁。我曾求他為拙作《荻村傳》題簽。

四十八年我去西德法蘭克福出席國際筆會第三十屆大會，歸後曾著《歐遊剪影》一書，承他閱讀後，獎飾有加。那時候，我還不知道他將有歐美之行。大約他於四十九年應美國務院的邀請，作兩月訪問，經歐回國。我那本旅歐小著，曾被他攜帶在途中，聊充導遊。後來又承他說了許多溢美之詞，汗顏無地。我說：「拿著書作印證，你簡直是考驗我嘛？」他隨後著

《東說西》，以紀兩洲之行。該書內容豐富，文字流暢，而且有最佳印刷。我一下子向他要了兩本，一本寄給海外的兒女們，一本作我五十一年訪美四個月的指南。我回國後，對豪老說：「您以前考驗我，我這次也報復一下！」他起初不知道我曾帶著他的大著《東說西》去遊美國，後來知道了，忙問道：「怎麼樣？有什麼錯誤沒有？」我答道：「真不愧老記者！有獨到的新聞鼻子和犀利的一支筆！」我這話，確非胡亂恭維。豪老在寫作上的成就，也是值得一提的。我在拙著《讀者文摘是怎樣辦起來的？》一書中，曾談及《東說西》這部書，並把書中記述翻譯給《讀者文摘》接待員們聽，她們高興極了。

這兩年來，他有時似乎相當牢騷。他總覺著自己在被人冷落中。他跟我談了許多很細微的事。我常勸他看開一點見，搞文化工作的人，應拋棄一切名利思想。我曾拿張季鸞先生告誡我們的話對他講。季鸞先生常對我們說：「我們幹報館的，利，自然容易擺脫；名，也不應該要。只有這樣，才能稱得起是一個好記者！」我又常拿趙甌北的詩與他互勉：「李杜詩篇自古傳，至今已覺不新鮮；江山代有才人出，各領風騷五百年。」我說：「如今是工業社會了，想領五百年風騷，談何容易！咱們能領三、五年，不就也滿意了嗎？」彼此意會，苦笑而止。

今年八月間，他忽然去榮民醫院檢查身體。大約一週之後，我去看他，只見他略顯消瘦，其餘都與平常無異。我問他醫生說是什麼病？他說：「還沒檢查出來，僅從肺裏抽出了相當多的水份，可能是肋膜炎。」我勸他放心養病好了。那時並無病容。

不久出院回家靜養。後來又去醫院，這回檢查出患的是肺癌。豪老知道癌症的嚴重性，但表面上並不太在乎，於是回家來請教中醫。九月間，我曾偕內子同至羅斯福路去看他，他的夫人與大少奶說他正在睡覺。我們說不要打攪他，知道病況並未惡化，坐了一會，才去附近懷恩堂作禮拜。平常禮拜天，豪老伉儷也在那個禮拜堂禮拜。因此也常在主日見面。豪老是於遊美途中受洗禮的。他的受洗曾有一段不平常的經過。十月二日他命少奶奶打電話給我，希望我去看他，我立刻前往。他正在書房等我。坐在轉椅上，毫無病容的樣子，我高興萬分。我說：「豪老，您哪有病嘛？」然後我問他吃中藥的情形。他談得很起勁。我說：「您一定要有信心，癌症不知有多少種，您得的就是可治好的一種，豈不乾脆嗎？」他深以我的話為安慰，從滿面笑容中，看得出來。那天，程振粵兄也去看他。我相信那天他必很愉快。

以後常在電話中，知道他的病一直無惡化朕兆；尤其當我接到他的一封信，要我為《自由談》重印《老殘遊記》寫一篇類似序文時，他那一手鋼筆字仍是挺拔有力，盎然充滿生的意志。我暗暗高興，滿以為不救之症已經有轉機了。

我接到他的信以後，立刻回一信，一方面慶賀他的健康漸已復元，一方面說明我那些日子窮忙，而且要寫，必須重看一遍，我估計須十一月初才有時間，末後拖了一個尾巴：「最好免了！」

後來他讓李鄂生先生告訴我：「無論如何，還是要寫。」我受誠意所感，只好從十一月一日起，開始重讀《老殘遊記》。隨讀隨作筆記。因為年齡，閱歷都增加了，所以心得也與若干年前不同。我用了整整六天工夫，才把一部僅二十章的小說讀完，仍覺讀得太快，缺乏充分咀嚼工夫。十一月六日下午把文章起頭寫後，就匆匆到中國之友社恭賀新聞界前輩董大使顯光八秩壽誕，鄂生先生正在那兒，戚戚惶惶把我拉到一邊，告訴我：「豪老已於今天早晨七時零五分去世了！」這真是一個噩耗，也可以說意外。因為從種種方面判斷，他的病已有轉機；就是不好，也要拖一段長時間，沒想到竟死得這麼快！

當時我的難過，真是說不出來。又當著董氏家屬辦喜事，我抑止住要流的眼淚，未及在壽堂多留，就懷著悲痛離開。直到他治喪、公祭，我心目中還不斷出現豪老活生生的影子，我總以為他還在世上。因為我不相信我遽然就會損失了這個好朋友！

人皆有死，只是先後不同。豪老一生，不愁衣食，再加子孫滿堂，總算有福之人，應無遺憾。他所創辦的《旅行雜誌》仍在讀者記憶之中。《自由談》更蒸蒸日上，如日方中。我虔誠的希望是：他的家屬與《自由談》社同人，能遵照豪老平素志願，把這份已經普遍銷行的刊物，不僅照舊維持，而且發揚光大，使《自由談》與豪老的大名同垂不朽！

趙君豪偕夫人訪問日本後歸來

灑淚君豪哭

欣冷

驚聞君豪兄的噩耗，有如晴天霹靂，為之默然者久之。十一月十一日傍午，隨靈車執紼到陽明山第一公墓舉行安靈祭，治喪會執事陸蔭初兄推我主祭，我竚立靈前，緬懷五十餘年深厚友誼，抑不住滿腔哀思，淚水奪眶而出！我自知是堅強的軍人性格，向不輕易流淚，然而為他卻不禁淚洒涕零！是的，我與君豪是小同鄉、老同學、同文、同志，從小在一起，總角締深交，關係太密切了。目睹他苦讀上進，立志做報人，奮鬥成名，事業發展；再親視他撒手塵寰，長眠地下，心頭無限悲愴，能不臨風灑淚?!

民國元二年，君豪和我在故鄉江蘇興化，一同就讀縣立乙種初級商業學校（昭陽高等小學前身）。他父親德齊公，對他管教甚嚴，養成他柔順的性格；而我呢？自幼失怙，環境造成剛強無畏的個性，剛柔相濟，竟成莫逆之交，因為彼此都有向外發展努力前程的抱負，談話投機，時相過從。民國六年起，我負笈上海、杭州，君豪兄在滬讀書，有時亦到杭州，他鄉遇故知，友情自然更加深厚。常偕遊西湖，瞻仰民族英雄岳飛，于謙兩公墓，由衷崇敬，愛國之念，油然而生；再加身歷通都大邑，見聞自較在偏僻小縣不同，瞭解不少紛亂事實，如軍閥割據，內戰頻仍，國際高唱共管中國，學生運動此起彼應……互勉要做革命志士，他想走文章報國的路線，立志做報人；我則蓄意投筆從戎，要痛痛快快武裝衛國，當年一群年青人的豪邁英氣，每一回憶，即重現心頭。

後來君豪即一面讀書，暇時寫文章投稿（在學校時早露文學頭角），我則限於環境，沒有卒業，回到上海擔任一所女學的教員兼一家週刊的編輯，與君豪算是同文，更時相聚首，切磋砥礪。民國十三年初，我得讀國父革命巨著，深受感動，值青年氣盛之時，愛國熱誠，益加奮發，決志「從今不作書生態，脫去藍衫換戰袍」，經由鄉前輩鈕永建先生介紹往上海法租界環龍路四十四號中華革命黨本部原址，報考黃埔軍校，參加革命，倖被錄取，從此得償武裝衛國宿願，維時君豪也實現文章報國大志，服務《申報》社，躋身新聞事業，聞訊來函申賀，中有「欣去矣！人天萬里」之句，好像我此去不想生還，真的繼承先烈做革命烈士了。是年三月下旬，我乘廣利輪赴粵，君豪親來江干送別，相對黯然，熱淚盈眶，故人情深，不啻同胞手足。事實上君豪也等於我的弟弟，我弟兄四人，排行最小，沒有弟弟，君豪比我小兩歲，童年時期，均以兄弟相稱，充滿友誼之愛。我個性強，不善適應環境，到現在鄉音無改；而君豪秉性和順，最能適應環境，住滬不久，就一口上海話，後來竟說不出一句家鄉話，為此我以兄長自居，常當面加以笑責，這件事他很怕我，逢人都笑說我欺負他，今春國民大會開會期間，有時見面，我還硬逼他說出幾句興化話來，君豪之歿，亦猶雁序拋群，在我真是如傷手足！

民國十六年，上海克復，我任職上海市黨部組織部長，君豪見到我，故人重逢，喜不自勝，又時相過從研討黨義，卒受主義感召，不久入黨。民國三十年十二月，日寇進據上海租界，君豪遷居《申報》館樓上辦公，繼續宣傳抗戰，日寇包圍報館並指名通緝，幾經困難始得秘密離滬，經浙皖戰地輾轉西赴重慶，我在江南，未獲一面；厥後抗戰勝利，我到滬時少，不常聚首；旅臺期間，君豪報刊（《新生報》、《臺灣新聞報》、《自由談》雜誌）兩棲，忙於新聞文化事業，幾次出國，一度又去南部主持報務，晤談機會也不多。滿以為反攻勝利結伴還赤鄉，又詎料昊天不弔，奪我良朋，一別永隔？三復我對他的輓聯所說：「總角締深交，方期赤燄澄清，奏凱還鄉同結伴」；「槃才蜚令譽，詎意文星隕落，臨風洒淚痛招魂」之句，又不禁悲從中來，當日之情形，憬然在目，舊事填膺，思之悽梗！

嗟嗟君豪！天喪斯文，夫復何言?!

附錄五

念豪老

歐陽醇

八月卅一日上午九時半，我到辦公室，發現書桌上留有一封筆跡熟悉的信件，和三罐禮品，拆開信來，才知道君豪先生又再度進院治療了。

君豪先生病發第一次入榮民醫院檢查是八月三日，中間曾由醫院搬回寓所療養，詎料廿八日後，他又再度住院。進院的早晨，他寫了封信給我，也是我保存他的書函最後的一件筆跡，當時，他對自己的病情仍很樂觀，信上說：「……相信再住醫院一星期必可歸家矣」。

隨函送來的三件罐頭，是豪老囑我轉贈即將離臺飛返東京的鄧友德先生。豪老在病中，對於朋友間的情況仍很關懷與留意。《香港時報》社長陳訓畬先生九月廿八日由港來臺，豪老得悉《中報》在臺的同人將在十月三日中午假大東園宴請訓畬先生，豪老特意於十月二日晚間托請趙夫人來電話，要我在席間代向訓畬先生敬酒致意；三日上午復囑他的次公子振聲兄到訓畬先生的下榻處皇后旅社向訓畬先生致歉，因病不能參加。《新聞天地》社長卜少夫先生在他病中也正由港來臺，獲悉豪老的病情嚴重，八月十一日上午曾到榮民醫院探視他。少夫先生離臺前，豪老又轉送了一份禮物囑我轉交。檳榔嶼《光華日報》總編輯劉問渠先生去國十多年，於九月廿五日首次由檳城返國訪問，抵臺的當天下午就往趙宅探視豪老，豪老知道劉問渠兄將南下觀光，又關照我電話通知高雄《臺灣新聞》報社的同人設宴款待。問渠兄離臺前曾從懷中掏出一個精緻的盒包示人，盒中裝的是臺灣特產翡翠製的領帶夾和袖扣。問渠兄很感動的說：「這是豪老送給我的紀念品」。陳訓畬先生、卜少夫先生、劉問渠先生都是豪老抗戰勝利後在上海《中報》工作時的老同事。

豪老第一次進院檢查前，外貌上看不出他有什麼病徵。平日，他的生活極有規律，飲食也很留意，不嗜甜的飲料和物品。以前，他每天要抽四十支香煙，前幾年，他戒絕了，戒得非常徹底，但身體反到減瘦了。他信崇基督教義，大概還是數年前參加道德重整會以後的事。

最近三年，他有較多的時間專心於《自由談》的編務和業務，凡是到海外考察，或是旅行回國的文友，事先他都會親自拜訪約稿，《自由談》每期內容的充實，多姿多采，與豪老為人的誠懇、週到是大有關係的。考試院院長孫科博士為《自由談》十七卷第七期所寫的一篇題名〈我看美國四任總統的作為〉的特稿，就是豪老親自到陽明山孫博士旅邸，商請孫博士惠允執筆的。

豪老是位老報人，他一生事業中最感興趣的便是報業，他不但是個老記者、老編輯、而且也對報業管理、行政和經營、極具經驗。生前他的精力充沛，他經常認為他還可多為社會和文化界做些事。近年來他一直有意創辦一張週刊，並已曾慎思考慮，擬定了計劃，如何籌集資金，以及週刊的命名，也初步決定。為此週刊，他曾請香港和東京的友人搜集歐、美、日各國發行的週刊寄來臺北，作為參考。他是位歡喜做事的人，一直到躺臥在病床上，還念念不忘《自由談》的內容。九月十日上午，我偕同續伯雄兄，李鄂生兄同往榮民醫院病室，豪老一看見我們，便又請趙夫人取來他的大皮包放在床上，這時他已不能起床，便躺在枕上在大皮包中找出一篇文稿，和一位文友的來函交給伯雄，我們實不敢多擾他，談了片刻便辭離，在離別他的臥床前，豪老對我說：「這次出院，我就要少管《自由談》的事了。」這時，榮民醫院的主治醫師已先後為豪老注射過四支藥性猛烈的針，院方並表示豪老可以回家療養了，但是他的身體實際上非常虛弱。

我不清楚豪老是從什麼時候轉請中醫趙峯樵診視的，九月十七日晚上，趙夫人來電話查詢陳訓畬先生在港住所的電話號碼，我問她有什麼急事，趙夫人說要托請陳訓畬先生自香港買馬寶為豪老治療。因為翌日聯合報發行人王惕吾先生將赴港參加會議，我特意寫了封信請王先生轉請陳先生代購馬寶，王先生到港當即將信面交陳先生，陳先生於收到信後的第二日，便購了馬寶請便人帶來臺北，由我取來轉交趙夫人。我才知道趙峯樵要以珍貴的馬寶來配藥方。所謂馬寶，聽說是採擷患癌症的馬身體上的癌腫塊煉成，是中醫治療癌症的秘方。趙峯樵曾經說過保證三個月可治癒豪老的肺癌。豪老的病情轉危無救，也就證明無科學根據的藥方，根本是不能醫治絕症的。

豪老生前有兩位朋友是他最敬重的，一位是《新生報》業公司董事長謝然之先生，一位是《香港時報》社長陳訓畬先生。豪老進榮民醫院檢查的病房，也是謝先生為他安排的，謝先生在公務極為忙碌的日子中，曾多次到榮民醫院和羅斯福路趙宅探視豪老的病情。豪老逝世的前兩天，謝先生還曾赴趙宅安慰豪老。料想不到豪老竟於十一月六日凌晨七時零五分，猝然離世。陳訓畬先生與豪老最後一次晤面是九月廿九日下午四時半，陳先生九月廿八日下午由港返國，在廿九日上午囑我與趙夫人聯絡，什麼時候探視豪老較為適宜，趙夫人轉詢後回答，下午三時以後。因此，到了下午四時半，訓畬先生曾偕我同赴趙宅。訓畬先生自港帶了盒豪老平日歡喜吃的餅乾和其他兩罐東西。當我在趙宅內室的臥床上見到豪老時，心情真是難過極了，他已瘦弱不堪，也無法起身向訓畬先生招呼。他一瞥見訓畬先生便流淚。豪老說：「陳先生，我今天上午聽說你要來，趕緊找了個理髮師來理髮。我的樣子很不好看。床上躺了幾個月，骨頭都睡痛了。開始，我的心裡很難過，現在我已平靜多了。等我的病好了，我要帶內人到香港來看你。……」

陳先生一直勸慰著豪老，豪老的枕頭旁放了本《聖經》，但他自己已無力看書報。我們坐下約十五分鐘後，豪老的媳婦端了盤猪肝炒麵請訓畬先生吃點心。我們約莫坐了半小時才辭離。

這是我最後一次與生前的豪老晤面，以後還幾次陪同由高雄來的《新聞報》社同人往趙宅探視，都未見到面。三年來，由於《自由談》的辦公室與我工作的地點毗鄰，我幾乎每天有機會與豪老晤談，無論在待人或處事上，豪老的言行，都使我獲益甚多。如果，白天大家忙碌因而無法晤面，豪老經常在晚上十時半後來電話談談，他知道這個時間我可能空閒。自從他八月三日進院檢查起，晚間便從未接過豪老電話了。我一直盼望著有一天晚上又在電話中聽到豪老親切關懷的聲音，但是現在這個希望已不可能再有了。每逢晚間十時半以後，我就不自主地特別憶念這位終身盡瘁新聞業，刻苦自勵的老報人。豪老是虔誠的基督徒，願上帝佑護他在天之靈吧。（五五、十一、十四）

Do人物15　PC0543

抗戰回憶錄
——上海報人的奮鬥

作　　者／趙君豪
主　　編／蔡登山
責任編輯／廖妘甄、杜國維
圖文排版／周妤靜
封面設計／王嵩賀

出版策劃／獨立作家
發 行 人／宋政坤
法律顧問／毛國樑　律師
製作發行／秀威資訊科技股份有限公司
地址：114 台北市內湖區瑞光路76巷65號1樓
電話：+886-2-2796-3638　傳真：+886-2-2796-1377
服務信箱：service@showwe.com.tw
展售門市／國家書店【松江門市】
地址：104 台北市中山區松江路209號1樓
電話：+886-2-2518-0207　傳真：+886-2-2518-0778
網路訂購／秀威網路書店：https://store.showwe.tw
國家網路書店：https://www.govbooks.com.tw

出版日期／2015年9月　BOD一版　定價／350元

獨立作家
Independent Author
寫自己的故事，唱自己的歌

抗戰回憶錄：上海報人的奮鬥 / 趙君豪原著；蔡登山主編. -- 一版. -- 臺北市：獨立作家, 2015.09
面；　公分. -- (Do人物)
BOD版
ISBN 978-986-5729-95-0(平裝)

890.92　　104012624

國家圖書館出版品預行編目

讀者回函卡

感謝您購買本書，為提升服務品質，請填妥以下資料，將讀者回函卡直接寄回或傳真本公司，收到您的寶貴意見後，我們會收藏記錄及檢討，謝謝！
如您需要了解本公司最新出版書目、購書優惠或企劃活動，歡迎您上網查詢或下載相關資料：http:// www.showwe.com.tw

您購買的書名：______________________________

出生日期：________年________月________日

學歷：□高中（含）以下　□大專　□研究所（含）以上

職業：□製造業　□金融業　□資訊業　□軍警　□傳播業　□自由業
□服務業　□公務員　□教職　□學生　□家管　□其它_____

購書地點：□網路書店　□實體書店　□書展　□郵購　□贈閱　□其他

您從何得知本書的消息？

□網路書店　□實體書店　□網路搜尋　□電子報　□書訊　□雜誌
□傳播媒體　□親友推薦　□網站推薦　□部落格　□其他__________

您對本書的評價：（請填代號　1.非常滿意　2.滿意　3.尚可　4.再改進）

封面設計____　版面編排____　內容____　文／譯筆____　價格____

讀完書後您覺得：

□很有收穫　□有收穫　□收穫不多　□沒收穫

對我們的建議：______________________________

____

____

____

請貼
郵票

11466
台北市內湖區瑞光路 76 巷 65 號 1 樓
獨立作家讀者服務部 收

（請沿線對折寄回，謝謝！）

姓　　名：____________　年齡：______　性別：□女　□男

郵遞區號：□□□□□

地　　址：________________________

聯絡電話：（日）____________（夜）____________

E-mail：________________________